El Amor Es
Nuestra Magia

Por: Manny Morales

ISBN: 978-1-7368788-7-3 paperback English Version
ISBN: 978-1-7368788-6-6 eBook
ISBN: 978-1-7368788-8-0 Spanish Version

Photographer: Broderick Russel
Cover Model: Manny Morales
Cover Concept and Graphic Design: Danielle Ferreira

Published by: Caged Bird Publishing
www.cagedbirdpublishing.com

CAGED BIRD
Publishing

ÍNDICE

ARREPENTIRÁS

Quiero dedicar este libro a quienes han amado y perdido. A los que están luchando por el amor en este mismo momento. También a los que han renunciado por completo al amor.

Quiero dedicar esto al amor mismo. El amor no es algo fácil de alcanzar, pero no imposible de lograr al mismo tiempo. El amor no es algo sencillo, no se aprende en un libro ni en ninguna clase.

El amor es duro, el amor es suave. El amor es complicado, el amor también te permite cometer errores y no te lo reprochará.

El amor es una fuerza de la naturaleza, es el viento, el sol, la luna y las estrellas. El amor es todo lo que nos rodea. El amor te trae dolor, pero también puede traerte paz y felicidad.

El amor es para todos, si le das una oportunidad. Debes entregarte al amor, es la única manera de sentir el verdadero poder del amor.

DALE UNA OPORTUNIDAD AL AMOR, NO TE ARREPENTIRÁS

DEDICACION

Quiero agradecer a mi poder superior y a mis padres; porque sin ellos no estaría aquí ni habría pasado por lo que hice, para estar en este momento ahora mismo.

Quiero agradecer a aquellos que me han dado su energía positiva para poder comprometerme con mis sueños. En mi vida ha habido muchos, todos ustedes saben quiénes son. Desde el fondo de mi corazón, les agradezco a todos. Un saludo especial a mi mejor amiga.

Quiero agradecer a la mujer que amé mucho. La perdí en mis viajes, y lamento lo que hice para alejarla. Nunca me arrepentiré de haberle dado mi nombre y el amor que compartimos juntos. Ella siempre me estaba presionando para ser mejor, pero no era hora de que brillara. Ella siempre será la que amé mucho y perdí. Nuestro Amor era verdaderamente nuestra Magia, pero yo no mantuve viva esa magia. Solo quiero que sepa que lo hice, espero que esté orgullosa. Siempre te amaré LIOM

Quiero agradecer a mis bebés, a su madre y a toda su familia. La madre de mis hijos y yo hemos pasado por mucho en nuestro tiempo juntos, y siempre apreciaré todo lo que ella hizo por mí.
Su familia me aceptó como si fuera familia. A todos

ustedes, gracias por darme una parte de su corazón. Los amo a todos.

Quiero agradecer a mi equipo editorial; Caged Bird Publishing trae consigo un equipo de personas que inmediatamente se convierten en su familia.
Fui aceptado por estas personas y me sentí como en familia desde el primer encuentro que tuvimos. Gracias desde el fondo de mi corazón por darle vida a mi sueño y hacerlo realidad (estilo Pinocho).

Quiero enviarle a mi padre y a mi abuelo un saludo especial. Descansen en el paraíso los dos. Ambos fueron duros conmigo, lo que me convirtió en un hombre fuerte. Mi padre siempre fue mi fan número uno. Siempre estarán en mi alma y mente. Tomé sus joyas y gané.

A todos aquellos que fueron parte de esto desde el primer día, lo hicimos. Gracias por nunca rendirte a pesar de que lo hice

CAPITULO 1:

El inicio
(Cita de los verdaderos amores)

En las horas previas al amanecer, antes de que el pájaro madrugador pudiera atrapar a su gusano, el alarma de fitness de Mauricio dice: "Milla cuatro, 2700 calorías. Queda una milla más". Nadie escuchó la actualización del alarma de fitness debido a la desolación en esta hora temprana. Sin embargo, sigue trotando por su tramo favorito del sendero de todos modos.

Mauricio, en su distracción, tampoco se enteró de la actualización. Esto se debe a las muchas distracciones, y a la demanda en su cerebro de los muchos emprendimientos de los que forma parte. La peluquería de la que es propietario le mantiene ocupado, así como el sello discográfico que acaba de fundar. Por eso, Mauricio hace footing para no volverse loco y, por supuesto, para mantenerse sano y en forma.

A medida que el amanecer se acerca al horizonte, aparecen más corredores iniciando sus propios rituales matutinos. Mauricio, aún inmensamente distraído, no se da cuenta de que la mujer que hace footing se dirige en dirección contraria a él. Mientras continúan trotando por el mismo camino, la mujer se da cuenta de que Mauricio está distraído y no parece darse cuenta de su presencia.

Impulsivamente, intenta esquivarlo en el último momento, pero acaban chocando con fuerza. A duras penas se mantiene en pie, la mujer recupera la compostura y grita obscenidades mientras continúa por el camino.

Sacudido de su trance por la colisión, Mauricio intenta disculparse. Pero es inútil. La mujer no se detiene. Mauricico casi se da la vuerta para alcanzar y disculparse, pero ella ya está demasiado lejos para que él la alcance. Así que sigue su camino, sumergiéndose de nuevo en sus pensamientos.

La principal distracción en su mente es el maratón al que se comprometió como prueba de su extremo cambio mental y físico. Desde que era un niño, siempre ha sido ronco y se escondía detrás de la comida cuando su autoestima tocaba fondo. Finalmente, un día decidió tomar las riendas de su vida y hacer un cambio drástico. A los treinta años perdió más de quince kilos en su viaje hacia una vida más saludable.

Cuando Mauricio se acerca al final de su carrera, el bicho del cuerpo le recuerda la distancia una vez más. Continúa por el sendero los tres kilómetros adicionales hasta su casa, mientras sigue concentrado en su empeño sin disfrutar siquiera de la serena tranquilidad del sendero.

Cambia de marcha en su cabeza y se concentra en el concierto de presentación de su banda recién fichada por su etiqueta, "Dark City." Sin embargo, su primogénito es Elegante, su salón de belleza todo-en-uno, equipado con una peluquería completa, una barbería, una tienda de uñas y un taller de trenzas. Junto con Dark City, la presión por el éxito es abrumadora. Sin embargo, Mauricio se mantiene centrado y sigue adelante en nombre del progreso. Con una nueva estrategia de marketing y unos inversores motivados, sigue subiendo la escalera del éxito.

Como joven que vive en la pobreza, Mauricio sabe lo afortunado que es y el duro trabajo que le ha costado llegar hasta donde está. El día en que su madre y él dejaron Puerto Rico para perseguir el sueño americano, nunca esperó las dificultades a las que se enfrentarían.

Al principio, la madre de Mauricio discutía con él porque se sentía desgraciada por la situación en la que se encontraban. A menudo le culpaba de su mala racha, diciéndole que no valía nada y menospreciándole siempre.

Finalmente, un caluroso día de verano mientras estaba en uno de sus muchos trabajos. Mauricio fue abordado por un hombre, que cambiaría su vida para siempre. Pronto consiguió todo lo que esperaba y soñaba... "El sueño americano".

Después de correr lo que parecieron diez millas, Mauricio ve las puertas de su modesta casa de tres cuartos. Una casa de dos pisos, con una vaya de privacidad de dos metros, césped cuidado y un hermoso jardín. Es el lugar perfecto para formar una familia, y por eso la tiene.

El sistema de vigilancia es de última generación; no ha escatimado en gastos. Al acercarse a la puerta, la cámara realiza un escaneo de la retina y se abre automáticamente para él. Una vez dentro de la lujosa casa, empiezan a encenderse todo tipo de aparatos. Desde el equipo de música hasta la cafetera, la casa parece cobrar vida mientras él la recorre.

Al salir de la ducha, Mauricio se dirige a su exuberante armario de grandes dimensiones. El suave sonido de Musiq Soulchild, que emana de los altavoces Bose ocultos en las paredes, llena el cuarto de luminosidad. Con la canción llegan las emociones, ya que Mauricio recuerda lo difícil que es encontrar el amor verdadero. Todas las mujeres que encuentra están locas o tienen motivos ocultos para estar con él. Mirándose al espejo se pregunta: "¿Vale la pena, encontraré alguna vez el verdadero amor?"

Mientras se viste para ir a trabajar, Mauricio recuerda el primer año después de abrir Elegante.

Recuerda las luchas que le supuso ese primer año, luego recuerda el orgullo que sintió al ser su propio jefe. Sin embargo, el orgullo se convirtió rápidamente en tristeza al saber que su madre ya no podrá compartir su éxito.

A pesar de todo, Mauricio rechaza las lágrimas y sigue adelante como su madre hubiera deseado. Después de prepararse un buen desayuno, Mauricio sale por la puerta y se dirige a su primera parada antes de ir a trabajar.

Llegando a Sweeties.and.honey, antes Heavenly Delightful. Una pequeña y pintoresca tienda familiar que tiene las mejores magdalenas de la ciudad. Viene aquí para pedir el desayuno de sus empleados, Mauricio realmente se preocupa por el bienestar general de sus empleados. Para Mauricio son sus socios en el negocio, y todos se tratan como una familia.

De pie en la cola, se fija en una Mami con un cuelpaso, situada dos personas por delante de él. Tiene una tez marrón arenosa similar al color del moka, y un pelo negro azabache liso hasta la nalgas que le da escalofríos. La vista de su cuerpo desde su posición no deja nada a la imaginación. Su atuendo es impecable; informal de negocios, pero su postura comunica un sentido callejera.

Al terminar su transacción, ella procede a salir de la tienda, por lo que Mauricio aprovecha el momento. "Hola preciosa, ¿puedo cojer un poquito de tu tiempo?" Mauricio extiende su mano y la agarra suavemente del brazo. Ella levanta la vista sonriendo al principio, pero de repente se da cuenta de quién es y le arrebata el brazo.

"¿Otra vez tú? ¿Vienes a atropellarme otra vez? Puto"! Al salir de la tienda, hace una gran escena, gritando obscenidades y haciendo un gran espectáculo.

Aturdido y confuso, Mauricio se pregunta qué acaba de pasar. Al acercarse al mostrador, el dependiente le dice: "Qué manera de empezar el día, ¿eh?" Incapaz de responder, Mauricio se limita a hacer su pedido y se queda de pie, sorprendido. Con su comida por fin en la mano, sale por la puerta, lejos de las miradas y los susurros de los demás clientes.

Al salir de la tienda, se siente mejor al instante y se alegra de haber salido de la incomodidad de la situación. Al salir, se da cuenta de que un Beemer rosa chilla en el aparcamiento. La mujer del interior de la tienda le devuelve la mirada y le das el dedo y lo manda para el carajo.

La rabia que siente en su cuelpo es abrumadora, hasta el punto de que casi atropella a un coche que pasa por el aparcamiento del que sale. Por suerte, Mauricio memoriza su número de matrícula para poder investigar el asunto.

Todavía muy frustrado, Mauricio se sienta en su coche tratando de averiguar quién demonios era, y dónde se ha encontrado con ella antes. Todavía está perplejo sobre por qué ella respondió con tanta hostilidad, pero no encuentra nada. Finalmente, decide investigarla y averiguar quién es con la información que ha obtenido de su matrícula.

CAPITULO 2:

Repetición sistemática (un día más)

Por fin en la tienda, Mauricio prepara el local para el día de trabajo, mientras los empleados van llegando poco a poco. Una vez que llegan todos sus empleados, empieza a repartir el desayuno que ha comprado para ellos. Luego procede a la reunión de "expectativas diarias" mientras comen. Una vez que concluye su agenda, da la palabra a quienes tengan alguna pregunta o inquietud. Luego, si no tienen nada más, comienzan a preparar sus puestos para el día.

A Mauricio le gusta mantener el ambiente de trabajo profesional, y a todos les gusta trabajar en Elegante por la dedicación de Mauricio a su éxito. A todos les gusta su enfoque del negocio, y el hecho de que todo en el taller sea de última generación hace que sea un placer trabajar allí. Casi todo se activa por voz, y sus cabinas y herramientas son de primera línea.

Poco después de que se hayan preparado para el día, llegan los primeros clientes que inician la jornada comercial. En medio de los trabajadores y los clientes habituales, una cara nueva entra en el local y se queda asombrada por el puro brillo del salón.

En su estado de distracción, la mujer no se da cuenta de la anfitriona que está a su izquierda, hasta que habla. "Hola, bienvenido a Elegante, donde todo lo que tiene que hacer es relajarse, nosotros nos encargamos del resto. ¿Cómo podemos acomodarla?" "Vaya, me has asustado." grita la mujer. "¿Cuánto tiempo lleva aquí este establecimiento?" "Tres años, el domingo pasado." responde la anfitriona. "Este lugar es increíble; no puedo creer que nunca me haya fijado en este sitio. De todos modos, estoy necesitando un nuevo estilo." continúa la mujer. "Algo que atraiga las miradas de los hombres y también una manicura nueva".

"Tome asiento." le indica la azafata a la mujer. "aquí tiene un folleto y una lista de precios. Iré a ver si hay un estilista disponible para atenderla." Continúa la anfitriona, "¿desea un refresco mientras espera? Tenemos agua embotellada, café, tal vez una taza de nuestro mundialmente famoso espresso." "Vaya, sí que lo hacen todo, ¿no?" responde la mujer. "Déjeme ver, tomaré un espresso de avellana." responde la mujer mientras mira el menú. "No tardaré nada." explica la anfitriona antes de salir corriendo a recoger el pedido. Pasan unos segundos y la anfitriona vuelve. "Está de suerte, tenemos un estilista disponible. Si quiere seguirme, le llevaré hasta ella. Ah, y no se preocupe por quitarse las uñas, enviaré a alguien para que se encargue de ello." Continua la enfitriona. "Estoy asombrada." Dice la mujer. "Nunca he visto tanto brillo en mi vida. Quiero conocer al propietario y felicitarle por su maravillosa idea." Continua la mujer.

La anfitriona la acompaña a través del laberinto de cabinas y de los numerosos clientes del salón. Al llegar a la silla del estilista, la mujer se sienta y se da cuenta de que su espresso ya está allí. Todavía no puede creer la realidad de la peluquería, se distrae mientras observa lo que sucede, y se sobresalta una vez más cuando la estilista se presenta. "Hola, soy Ángela, hoy seré su estilista." "¡CONLLO!" exclama la mujer casi dejando caer su espresso, "Vosotros sois muy escurridizos. Soy Linda, significa hermosa en español." Presume Linda. "Gracias por elegir a Elegante, ¿cómo puedo mejorarla?"

"Bueno, quiero... no, necesito un nuevo estilo, uno que me haga destacar." "Pues estás de suerte, resulta que soy especialista en convertir a las mujeres en muñecas Barbie, pero primero tenemos que lavarte el pelo. Acompáñame al oasis de lavado para que te lave el pelo con estilo." Linda no puede creer lo que ven sus ojos, ya que al acercarse al oasis de lavado, éste es exactamente igual a una fuente, pero con sillas colocadas a su alrededor. Tiene una cascada que fluye lentamente a unos dos metros por encima de sus cabezas. Angela le indica un asiento vacío y Linda se sienta.

Mientras Angela empieza a lavar el pelo de Linda, le dice que se relaje y deje que sus preocupaciones se desvanezcan. El aroma del champú y la vibración de la silla la hacen entrar inmediatamente en trance. Todavía en trance, Angela tiene que tocar a Linda en el hombro para despertarla. "Maldita sea, estaba ahí fuera." Explica Linda. "Créeme que no eres la primera." Responde Angela. "Creo que es el champú el que lo hace." "Estoy de acuerdo contigo." responde Linda riéndose.

Las dos mujeres vuelven a atravesar el laberinto de gente hasta llegar al puesto de Angela. Al volver, Linda se da cuenta de que su antiguo café expreso ha sido sustituido por uno nuevo. "Son muy amables con los clientes, ¿verdad?" Ángela sonríe y dice: "Relájese y póngase cómodo, le espera un placer".

"Entonces, ¿quién es la maravillosa mujer a la que se le ocurrió esta idea?" Pregunta Linda. "Bueno, ella es un él y se llama Mauricio." Responde Angela. "Está realmente orientado al cliente, su lema es "trata a los demás como te gustaría que te trataran a ti."

"¡Whoa, espera, un tipo es el dueño de este lugar!" Exclama Linda. "Sí, y es muy guay y tiene los pies en la tierra." "¿Es gay?" Susurra Linda. "No chica, es heterosexual y soltero." "¿Es guapo al menos, porque no me importaría conocerlo?" "Sí, lo es, chica, es muy bueno. Es uno de esos Papi Chulos fino, de hecho ese es él con la carpeta en la mano sin prestar atención como siempre."

Angela deja de peinar a Linda para poder girarse y mirar. Al girar la cabeza se da cuenta de que el único hombre que lleva una carpeta en la mano es el mismo que casi la atropella esa mañana durante su carrera. Se le salen los ojos de las órbitas y rápidamente se da la vuelta y casi se da un latigazo en el proceso. Confundida por la acción de Linda, Angela le pregunta: "¿De qué se trata?" Las emociones mezcladas pasan por la mente de Linda mientras dice: "Conozco a ese tipo. Bueno, no formalmente, se encontró conmigo esta mañana mientras hacía footing." "¿Así que se conocieron?" Pregunta Angela. "No, quiero decir literalmente, se topó conmigo y lo maldije mientras seguía corriendo." "Luego, para empeorar las cosas." Continúa Linda. "Lo vi en la tienda de magdalenas y le volví a maldecir." "¿Puedes creer que trató de hollarme, como si no supiera quién era yo, o lo que hizo?" "Sí, eso parece nuestro Mauricio." Responde Angela. "Pero créeme, es inofensivo.

Es que tiene muchas cosas en la cabeza, si lo conoces de verdad, es un encanto." Continua Angela. "No lo creo." responde Linda. "Mi suerte con los hombres es muy mala, además después de esta mañana no puedo asegurar mi seguridad." Linda se ríe.

"Chica, sabes que los hombres no son perfectos, necesitan un poco de orientación. No renuncies al amor cariño, hay un hombre ahí fuera para ti." Responde Angela. "Eso espero porque estoy cansada de hacer rico al Energizer." Las dos se ríen. "Pero no te equivoques Ángela, no me conformaré con menos, no pueden estar por debajo de mí." "Dale, espero que lo encuentres antes de que Energizer cierre el negocio".

Ambos se ríen de nuevo. Sin embargo, en la mente de Angela piensa: "Maldita sea, esta perra está concedida." "Vuala, ¿qué te parece chica?" Pregunta Angela mientras hace girar la silla para que Linda pueda comprobar su nuevo estilo. Antes de que Linda pueda comentar, Angela se jacta: "¡Soy maldita, no!"

"¡Wow, me he quedado sin palabras, me encanta! Gracias, Oh wow es mejor que mi último estilista." Elogia Linda. "Gracias, Gracias, por favor, nada de autógrafos." Bromea Angela. "Eres tonta chica." comenta Linda reiendose. "¿Qué te debo? Sea cual sea el precio, lo vales, todavía no me lo puedo creer, me has convertido en una princesa." Linda se emociona.

"La anfitriona se encargará de la cuenta." Responde Ángela. "Ah, y ten en cuenta lo que he dicho sobre Mauricio, es una buena persona una vez que lo conoces." Al instante Ángela se arrepintió de lo que acababa de decir, pero ya era demasiado tarde. "Sí, de acuerdo, lo haré." Responde Linda con aprensión. "Oh, déjame tus datos antes de irme para poder concertar mi próxima cita, definitivamente me has enganchado." "Aquí está mi tarjeta, cariño, y de nuevo gracias por pasar por aquí."

Linda coge la tarjeta, se lleva a la boca lo que queda de su espresso y se dirige a la recepción para pagar su cuenta. En su intento de evitar a Mauricio, Linda se esconde detrás de la gente y de los puestos hasta llegar a la recepción. Sin embargo, en su prisa se acuerda de la manicura, pero es demasiado tarde. Está decidida a escapar antes de que Mauricico la vea e intente hablar con ella.

Entusiasmado con la nueva incorporación a la tienda, Mauricico se dirige al spa de servicio completo. Es un aspecto que ha añadido para dar a los clientes más comodidad y relajación.

Al entrar en la zona del spa, le llega una serenata con música suave y cálidas fragancias. El ambiente es sereno y tranquilo, un lugar en el que podrías pasar el resto de tu vida sin preocuparte por nada.

Cuando se acerca a las puertas de la zona de spa, un cuidadoso recepcionista le dedica una cálida sonrisa y le abre. Tina, la recepcionista, sonríe de oreja a oreja cuando Mauricio se acerca a la recepción. Para que esta parte del salón prosperara, sabía que tenía que contratar a empleados excepcionalmente cualificados y muy atractivos. Tina era un buen partido, medía 5'9" y tenía la cara de un ángel y el cuerpo de una diosa. Ferdinand, por su parte, no tenía nada que ver; su cuerpo esculpido parecía que el propio Dios había cincelado a mano todos y cada uno de los músculos de su cuerpo.

Cuando Mauricio se acerca, Tina sale corriendo de detrás del mostrador. "Hol-la Mauricio." Le saluda. "Es holla Tina, no hol-la." Dice Mauricio mientras la corrige. "Tienes que aprender a decirlo bien, para no parecer una gringa".

Le planta un beso a cada lado de la cara y le da las gracias por las clases particulares. "De nada, Tina. Cuando quieras. ¿Cómo van las cosas por aquí?" "Ocupadas, ocupadas, ocupadas como siempre." Responde ella. "¿Cómo van los proyectos especiales?" "Se están vendiendo como churros, la gente aprecia mucho la atención extra al detalle en los servicios que ofrecemos." "Bien, pero recuerda que debemos mantener la discreción." Añade. "Sí, papi, lo sé, lo tengo controlado." Responde Tina mientras le guiña un ojo. "Oh si, acabo de recordar que tenemos un problema con una de los cuartos del fondo." Dice Tina. "¿Qué tiene de malo?" "Tengo que mostrártelo, es difícil de explicar."

Tina acompaña a Mauricio por el pasillo poco iluminado hasta el cuarto en cuestión. Desde detrás de las numerosas puertas cerradas, se oyen débiles gemidos y quejidos procedentes del interior de los cuartos. Finalmente, en la última puerta del largo pasillo, Tina se detiene y se gira para mirar a Mauricio.

Con una sonrisa en la cara, empuja la puerta con el trasero. Mauricio entra detrás de ella y sus ojos se esfuerzan por adaptarse a la oscuridad de el cuarto Al girarse, ve cómo Tina cierra la puerta tras ella y la bloquea con su pequeño cuerpo. "¿Qué pasa con el cuarto?" Pregunta Mauricio. "Está vacía, creo que deberíamos hacer algo al respecto." Responde Tina mientras camina seductoramente hacia Mauricio.

Antes de que Mauricio pueda protestar, Tina lo acerca a ella y junta sus labios con los de él. Después de dudar un poco, Mauricio finalmente cede y comienza a acariciar su cuerpo. Encerrados en un tira y afloja de lenguas, Tina se pone de puntillas mientras Mauricio la abraza con fuerza. Tina se aparta lo suficiente para recordárselo, con una sonrisa en la cara: "Como dice nuestra declaración de intenciones, nuestro objetivo es complacer."

Tina lo conduce a la mesa de masaje de felpa y lo acuesta. Empieza a crear el ambiente, enciende las numerosas velas que adornan el cuarto y le da al play del mando a distancia para que empiece a sonar una música suave y relajante. Una vez que se ha creado el ambiente, saca el aceite de masaje del calentador y lo coloca junto a Mauricio.

Con todo en su sitio, Tina empieza a desvestir a Mauricio, una prenda a la vez. Una vez que lo deja en calzoncillos y camiseta deportiva, se lo piensa dos veces antes de dejárselos puestos, pero decide quitárselos también. Tina mira fijamente a los ojos de Mauricio y se quita los tirantes del vestido de verano de los hombros. Deja que el vestido se caiga al suelo revelando su completa desnudez. Mauricio lucha por mantener su mirada, pero en su visión periférica puede distinguir la gloria de su cuerpo.

Incapaz de contenerse por más tiempo, Mauricio recorre su cuerpo de pies a cabeza, sin dejar ningún resquicio sin explorar. Para Mauricio, la dulce piel de caramelo de Tina le valió el trabajo, junto con sus pechos turgentes, y ahora puede ver que ella prefiere estar bien afeitada. El factor sorpresa para él en este punto es que se puede ver las nalgas de ella de frente

Tina rompe el trance que tenía Mauricico cuando lo acerca a ella y vuelve a inhalar su lengua. Comienza a acariciar la parte posterior de su cabeza mientras trata de meter más su lengua en su garganta.

Perdido en su lujuria, Mauricio comienza a acariciar el cuerpo de Tina mientras se abre paso hasta su amplio trasero. Agarra cada cheque con aserción y la levanta de sus pies, dándole la alusión de ingravidez.

Tina se aparta y le exige que la baje, ella tiene sus propios planes para esta cita. Se aparta de la mesa y le ordena que se acueste. "Es tu turno de ser mimado." Le explica Tina. "Tú eres la jefa Mami (mamá), al menos por ahora." dice Mauricio. "Sí, ya sé que eres una maniática del control." Responde Tina.

A medida que Tina avanza, coge el aceite de masaje caliente y lo deja caer lentamente por la espalda de Mauricio hasta llegar a su culo. La fragancia enciende todos los sentidos de ambos, aumentando su lujuria mutua. Los demonios de la lujuria invaden inmediatamente el cuerpo de Tina, provocándole espasmos de lujuria, pero consigue mantener la compostura.

Comienza su masaje en las zonas más tensas de la espalda de Mauricio, amasando cada nudo de tensión de su musculoso físico. Tina se aventura más abajo liberando más fragancia del aceite en su descenso. La energía entre ellos mezclada con la fragancia aumenta su lujuria aún más, haciendo que sus pezones se endurezcan y su choca gotee.

Tina se frota los pezones con aceite intentando quitarles algo de rigidez, pero es inútil. Se excitan más y vuelven a tensarse. A estas alturas, los jugos que rezumaban de su chocha corren ahora por su pierna en una rápida progresión, pero su voluntad sigue siendo fuerte y resiste la tentación.

Finalmente, ante el esculpido culo de Mauricio, no pierde el tiempo y comienza a frotar aceite por todo él, sin perderse ninguna parte. Se aventura aún más y comienza a separar su culo, frotando aceite en sus paredes internas para probar sus límites. Cuando Mauricio no duda ni se opone, ella continúa. Se aventura más allá y frota cada centímetro con aceite. Se dirige directamente al músculo PC y lo estimula hasta que oye un suave gemido. Se le ocurre una idea y la prueba. Desliza su dedo corazón y espera la objeción, pero para su sorpresa no hay ninguna.

Mientras sigue estimulando su próstata, no puede contenerse más. Tina se sube a la mesa sobre el cuerpo resbaladizo de Mauricio. Le planta un beso en la espalda saboreando el aceite. Comienza a mordisquear y lamer el aceite comestible, mientras muele sus clítoris en su resbaladizo culo.

Rápidamente siente la euforia de su orgasmo, segundos antes de la erupción. Se convulsiona un poco, luego se dirige al culo de Mauricio y limpia con gusto cada centímetro de su pegajosa bondad.

En un territorio desconocido, Mauricio siente emociones eróticas que nunca antes había sentido. En lugar de sentirse menos hombre o avergonzado, libera sus inhibiciones.

"¿Qué fue eso?" Pregunta Mauricio. "Algo que sentí que tenía que hacer papi, se sentía bien." Explica Tina.

Dispuesta a progresar hacia posiciones más comprometedoras, Tina se aparta de Mauricio y se baja de la mesa. Coge una toalla y empieza a limpiar los restos de aceite de la espalda de Mauricio.

Incapaz de controlarse, Mauricio se baja de la mesa y, revela la enorme erección que ha estado ocultando. Los ojos de Tinas se abren de par en par de placer, y un escalofrío recorre su cuerpo al pensar en esa gran bicho dentro de ella.

De vuelta a sus sentidos, se acerca a el bicho como si un imán la atrajera hacia ella. Empieza a acariciarla mientras Mauricio se tumba de espaldas. Tina comienza a mamar la cabeza violácea como si fuera una paleta de dulce, y luego, sin previo aviso, la garganta profunda hasta que casi le dan arcadas. Continúa mamando la paleta de dulce y haciendo gargantas profundas hasta que encuentra un ritmo que la ayuda a controlar la masividad de Mauricio.

Sin palabras y sin poder moverse, lo único que pudo hacer Mauricio fue pensar para sí mismo: "coño, mami es una profesional." Para entonces ella cambia de marcha y acelera sus movimientos. Arriba y abajo, va cada vez más rápido, llevando a Mauricio a otro nivel.

En ese momento Mauricio siente la oleada de líquido en movimiento en sus pelotas, y apenas saca el aviso antes de explotar dentro de la boca de Tinas. Su pegajosa poción de amor invade cada grieta de la boca de Tina, pero ella no se salta ni un ápice. Tina continúa con sus movimientos mientras Mauricio le echa cada gota de su jugo de hombre dentro de la boca.

Lleno más allá de su capacidad, parte de la carga de Mauricio gotea por la barbilla de Tina. Pero ella no se rinde, sigue chupando hasta dejarlo seco, y luego lame lo que ha escapado de su boca.

Satisfecha por el momento, Tina se sube al regazo de Mauricio y lo acerca a ella. Le mete la lengua en la garganta y tiene una lucha lingual con él. Pero Mauricio tiene otros planes, se aparta de ella y comienza a sondear el cuerpo de tina con su lengua.

Él empieza a chuparle el cuello intentando dejarle un chupetón, pero ella se aparta". Ah, ah, ah, nada de chupetones." Le regaña juguetonamente. Decide bajar más, explorando el cuerpo de Tina centímetro a centímetro. Llega a sus flexibles pechos y a sus duros pezones. Rápidamente empieza a chuparlos y a jugar con ellos como un niño con un juguete nuevo.

Excitado de nuevo, el bicho de Mauricio se pone inmediatamente en guardia. Al notar su excitación, Tina le agarra el bicho para ayudarla a reanimarse. Ahora, listo para follar, Mauricio le dirige a Tina una mirada que le transmite claramente este mensaje.

Tina levanta ligeramente el culo y guía lentamente el bicho de Mauricio hacia el interior de su chocha. Lentamente baja y deja que sus paredes internas se expandan, antes de cabalgar. Finalmente, al llegar al fondo, se sienta un minuto y gira en pequeños círculos para ayudar a que él entre mejor.

"coño papi eres tan grueso." susurra Tina en su oído. "nah ma eres una loca apretada, estatus de virgen." El bicho de Mauricio palpita con más fuerza dentro de las paredes de Tina, mientras sus jugos fluyen más y más. Con la lubricación extra que Tina ha creado, ella puede finalmente maniobrar hacia arriba y hacia abajo con menos dificultad. Sube uno o dos centímetros antes de volver a bajar. Poco a poco su ritmo se acelera, y ella puede moverse más alto de su bicho dándole más placer.

Cogiendo un buen ritmo, Tina gana un poco de confianza, rebotando más rápido y más alto con cada empuje. Mauricio no pierde el tiempo y chupa los pechos de Tina mientras rebotan en su cara. Arqueando la espalda por el placer, Tina siente más el bicho de Mauricio dentro de ella y más su boca chupando sus pezones en su boca.

Con todas las burlas de Mauricio, la lujuria de Tina por él se acentúa haciéndola rebotar más fuerte y más alto. Pronto siente el subidón entre sus muslos. "¡Ai papi voy, voy, estoy a punto de venir! Oh, sí, fóllame, fóllala más fuerte!" Continúa Tina.

Su presa se rompe y sus jugos comienzan a fluir, llevándola a un éxtasis orgánico total. Sólo el sonido de sus gemidos hace que Mauricio llegue al límite, llevándolo al punto de no retorno. Se tumba en la mesa, la agarra por las caderas y le clava el bicho en la choca de Tina.

Tina recupera su segundo aire y gime más fuerte que el crujido de la mesa. Al borde de otro orgasmo, Tina arquea la espalda para intentar recibir más de el bicho de Mauricio. Quiere sentirla en su estómago. Mientras Mauricio sigue machacando el canal del amor de Tina, ésta se agarra los pezones y trata de sujetarse.

Tina grita sin poder contenerse más. Se lleva a Mauricio con ella mientras ambos explotan al unísono. Mauricio suelta su agarre de las caderas de ella y comienza su convulsión, mientras Tina frena su rebote a un estallido, y luego a una molienda.

Tina se desploma sobre el pecho de Mauricio y trata de recuperar el aliento. "Esa mierda fue intensa Papi!" Exclama Tina. "Claro que sí." Responde Mauricio. "¡me sentí como si estuviera en una carrera de Nascar!" Continua Mauricio.

Los dos se ríen, "Ai Papi, enamoras a una Chica." Dice Tina "Bueno, um, yo a ti." Tartamudea Mauricio. Tina se ríe: "Calmate Papi, sé lo que sientes por eso."

Sin decir nada más, Tina le da un beso en la mejilla, se baja de la mesa y vuelve a ponerse el vestido. Sin embargo, antes de marcharse, se dirige a él y le dice: "Pero si alguna vez cambias de opinión, papi, déjame ser la primera a la que llames."

No espera una respuesta y se da la vuelta para salir del cuarto dejando a Mauricio desnudo. "¿Por qué el amor tiene que ser tan difícil de conseguir?" Se pregunta Mauricio...

CAPITULO 3:

Hablando antitéticamente (por otro lado)

Al salir del aparcamiento de Elegante Linda le tria a su mejor amiga y compañera de piso. "que lo que ahi ma, ¿qué pasa?" Dice Stacia cuando contesta el teléfono. "Tranquillo Chica." Responde Linda. "¿Qué estás haciendo, o debería decir quién estás haciendo?" Linda continúa. "Ahora mismo no hay nadie, acabo de salir de la ducha." Stacia responde. "Maldita sea, ¿me estás diciendo que me he perdido el B.D.D (Bicho Del Día)? "Por supuesto." Responde Stacia. "¡Estoy celoso! De todos modos, no te olvides de que tenemos la fiesta del dinero esta noche." Sigue Linda.

Con esto Linda se refiere a la fiesta que el club para el que trabaja celebra para un invitado de alto nivel. "Sí, me acuerdo. ¡No me lo voy a perder por nada del mundo!" Exclama Stacia. "Bueno, he pensado que puedo venir a buscarte y podemos ir a comprar algunos trajes nuevos. Así que, ¡prepara tu gordo trasero!" Dice Linda. "Apuesta a que mami estoy de acuerdo con eso, te veo cuando llegues. Oh, y deja de fantasear con mi culo" Dice Stacia riendo. "Cállate la boca." Dice Linda mientras cuelga el teléfono.

Antes de llegar a casa, Linda decide pasar por Sweeties.and.honey para que su chica se recargue rápidamente. Después de B.D.D uno necesita un pick me up sólo para pasar la mañana. De repente se da cuenta de que sólo hablar de el bicho hace que a Linda le duela la chocha. Pero en el mismo sentido trae todo el dolor del corazón y el dolor que todos sus amantes anteriores le dio.

Desde muy joven tuvo que valerse por sí misma. Era una persona precoz físicamente, y en su barrio tuvo que cuidarse de violadores, proxenetas, incluso de individuos de su propia "familia." Como la mayoría de las familias de bajos ingresos, creció en un hogar desestructurado, su padre dejó a su madre cuando Linda era apenas una adolescente. Su madre trató de darle todo el amor que pudo, para intentar compensar la ausencia de su padre. Sin embargo, su trabajo la alejaba mucho de casa. Y como el ciclo continúa, Linda tomó las riendas y siguió los pasos de su madre.

Toda su vida lo único que Linda quería era el amor verdadero, que un hombre la amara, no sólo por su cuerpo. Desde su adolescencia ha sido el centro de atención de todo tipo de hombres, pero cuando les preguntaba qué era lo que más les gustaba de ella, sólo comentaban sus rasgos exteriores. Esto cambió por completo su visión de los hombres y destruyó sus esperanzas de encontrar el verdadero amor.

Con el paso del tiempo su mentalidad cambió, y entonces decidió adaptar el infame lema del difunto y gran Notorious BIG "Fuck the world don't ask me for shit." Comenzó a adaptarse a la mentalidad masculina, tratando a todos los hombres como sus "perras", y utilizándolos como ellos utilizarían a las mujeres. Esto le dio un gran poder y un sentido de pertenencia. Pensó que, con el cuerpo que tiene y la mezcla de razas italiana y puertorriqueña que corre por sus venas, le daría la ventaja que necesitaba sobre los débiles y los fáciles.

Al entrar en la tienda de magdalenas, de repente se acuerda del altercado con Mauricio. "Mauricio." se dice a sí misma. "Me gusta ese nombre. Aún más me gusta su marco de culo sexy y ese largo pelo negro, Ummm." "Pero probablemente es otro tipo típico, que sólo va detrás de mis golosinas.

Temiendo que los mismos cajeros estén dentro de sweeties.and.honey, decide pasar por el drive thru. Hace el pedido a la cajera, pero no puede quitarse a Mauricio de la cabeza. "¿Qué demonios me pasa?" Susurra Linda en voz baja. "Se me está escapando la chulería. Esta mierda me fastidia, ¿por qué no puedo quitarme a este hombre de la cabeza?"

Todavía hablando consigo misma, dice: "¿podría haber algo que no veo, o es que estoy alucinando?" "Aquí tiene su pedido, señora." Dice la cajera, sacando a Linda de su trance. "Oh, gracias." Dice ella, e inmediatamente se retira.

Cuando se detiene frente a su apartamento, Linda hace sonar el claxon para avisar a Stacia de su llegada. Pasan varios minutos y sigue sin aparecer Stacia, pita por segunda vez. Rápidamente molesta por la falta de pacientes, apaga el coche y entra en el apartamento.

Al entrar, Linda está más que furiosa. Está dispuesta a patear a Stacia hasta la próxima semana. Con la comida aún en la mano, grita: "Chica, si no estás preparada, te voy a dar una patada en el culo, ¿dónde estás?"

Al no obtener respuesta, deja la comida sobre la mesa de café. En el momento en que deja la comida, percibe el olor penetrante de la piña colada y el sexo. Entonces llegan los gemidos, Linda se detiene en seco y permanece en silencio. Intenta identificar de dónde provienen los sonidos, y entonces oye: "Oh, Stacia." Dice el hombre. "¡Esa puta! Exclama Linda.

Linda dobla la esquina de la cocina y se siente abrumada por la visión que tiene sobre la mesa de la cocina. Al instante, sus 5 sentidos se agudizan al ver a su compañero de piso con las piernas abierta, con una cara enterrada en su chocha y con aceite sexual de piña colada en la mano. El hombre sin rostro tiene los hombros anchos, el pelo negro azabache recogido en una coleta y el cuerpo cubierto de tatuajes.

Ni siquiera tiene que adivinar quién es el hombre sin rostro, ya sabe que es Rico, el de la casa de al lado. Suele frecuentar su casa y la chocha de Stacia. Atraída por la vista, Linda considera unirse a ellos. Sin embargo, le molesta que su compañera de piso haya decidido buscar un bicho en lugar de seguir el plan. Se aclara la garganta: "ejem, disculpad, sé que me habéis oído entrar."

Rico ni siquiera se inmuta para reconocerla. "Oh Li Li-hola ch chica s- Ummmm, lo siento un poco atado en este momento." "Oh, sí, ahí, papi. Rico-o-o vino- vino esperando que estuviéramos, oh sís ambos en casa para poder probar su-su nuevo aceite de masaje." "Pero desde entonces... Vale, vale, para papi." Dice Stacia tratamudeando.

Stacia se aparta de la boca hambrienta de Rico: "Como intentaba decir, ya que era la única en casa, era su conejillo de indias, más o menos." Ahora toda la atención se centra en el que interrumpe. "No tenemos tiempo para esto ahora mismo." Exige Linda. "Vamos a tener que dejarlo para otro momento, Rico." Sigue Linda.

Rico enrosca su cara de incredulidad, se levanta de su asiento y se dirige hacia ella con su bastón mágico tan duro y largo como un bastón.

"Mami que te pasa?" Le pregunta Rico. "Ya no te diviertes. No te voy a hacer daño." Le susurra al oído mientras le acaricia el cuerpo. "A no ser que tú quieras. Te lo prometo." Continua Rico. Mientras el bicho de Rico acaricia el muslo de Linda, él le acaricia el culo.

Linda intenta resistir el encanto puertorriqueño de Rico: "maldita sea, dije que no volvería a hacer esto." Se dice a sí misma, mientras sus ojos se ponen en blanco. Se muerde el labio inferior: "Que se joda, podemos hacer tiempo." Abandonando todo pensamiento racional, Linda coge el bastón mágico de Rico y lo lleva de vuelta a la mesa.

Mientras Rico está ocupado con Linda, Stacia mantiene su fiesta burlándose de su clítoris. Ella frota sus pechos juntos haciendo sus pezones duros como ladrillos.

De vuelta a su posición inicial en la mesa, Rico continúa su desayuno mientras Linda se desnuda. Una vez que está completamente desnuda, se sube a la mesa en contra de su juicio de bateador y se pone a horcajadas sobre la cara de Stacia.

A medida que el sol añade luz y calor a todo los cuartos de la casa, se añade el sonido de los gemidos de las dos chicas. Rico está trabajando diligentemente sus habilidades bucales en la chocha de Stacia, mientras que ella está tratando de igualar su ritmo en el de Linda.

Ansiosa por querer implicarse, Linda decide complacerse a sí misma. Comienza a frotar sus pechos, provocando la erección de sus pezones. Al mismo tiempo, hace fluir chorros de jugo en la boca de Stacia. Rico da los últimos toques a la chocha de Stacia, haciendo que se retuerza mientras su orgasmo la supera. Ella explota sobre la cara de Rico, que no está dispuesto a dejarla ir hasta que esté satisfecho.

Finalmente satisfecho, Rico se levanta, coge el aceite sexual y lo vierte por todo el cuerpo de Linda. La acerca a él y le masajea la espalda. Luego la acerca aún más y le masajea los pechos con el aceite. Esto hace que los demonios de la lujuria suban por su piel y envíen más de su néctar a la boca de Stacia.

Linda coge las manos de Rico con las suyas y empieza a ayudarle a frotar los aceites en sus pechos con un movimiento circular. Cuando Rico se inclina hacia delante, la cabeza de el bichoß entra en la chocha de Stacia. Los dos se estremecen de excitación, mientras él desliza todo el eje en lo profundo de Stacia.

Rico suelta a Linda y le dice que se dé la vuelta, para poder chuparle los pezones. Linda se estabiliza, mientras Stacia suelta el agarre de la chocha de ella. Lentamente se da la vuelta y vuelve a caer en las garras de la boca de Stacia.

Mientras Linda se coloca en su posición, Rico continúa penetrando lentamente la chocha de Stacia. Rico sale del la chocha de Stacia mientras Linda se baja de la mesa. Stacia cambia de lugar con Rico, recostándolo suavemente sobre la mesa. Con el bicho todavía de pie en la atención completa, y los restos de jugo de la chocha de Stacia cubrirlo. Linda empieza a mamar la cabeza como si fuera una paleta de dulce, mientras Stacia le chupa los huevos.

Sin advertencia o vacilación Linda, garganta profunda el bicho de Rico hasta que ella puede tomar en su boca y limpia la mayor parte del lío dejado por la chocha de Stacia. Claramente seducido ahora, Stacia comienza garganta profunda de el bicho de Rico con Linda trayendo Rico más cerca del punto de no retorno.

Esperando a tener mejor palanca Linda se sube de nuevo a la mesa y rellena la cara de Rico con su chocha mojado. Ella continúa la garganta profunda simultánea con Stacia. Rico comienza a retorcerse bajo su control. Sintiendo que su orgasmo se acerca las mujeres se detienen. "Ai coño, no Papi!" Dice Linda. "Todavía no es hora de eso." Linda se baja y camina hacia la sala de estar con Stacia detrás de ella y Rico en el remolque.

En la sala de estar empujan a Rico en el sofá, Stacia se monta a horcajadas sobre él al estilo de una vaquera invertida y Linda vierte más aceite sobre sus pechos. Rico agarra a Stacia por las caderas y comienza un movimiento circular de molienda mientras ella devora los pechos aceitados de Linda.

El ritmo se acelera y Stacia comienza a rebotar hacia arriba y hacia abajo a un ritmo desconocido. Linda se burla del clítoris de Stacia y le echa aceite en los pechos. Linda frota y acaricia los pechos de Stacia y ésta arquea la espalda dándole a Linda acceso completo y anticipando el orgasmo que está a punto de estallar en ella. Dejando escapar un fuerte gemido, Stacia se agita bajo el placer de Rico y Linda y se ve abrumada por su orgasmo.

Una vez que la ola orgásmica disminuye, Stacia se baja del miembro de Rico mientras el semen gotea de su chocha. Stacia se da la vuelta, se agacha y garganta profundamente el bicho de Rico y limpia su desastre. "Ahí tienes Mami." Dice Stacia. "Está todo limpio para ti."

Linda besa a Stacia en los labios, saboreando los jugos sexuales que las cubren. "Maldita sea Mami, sabes tan bueno." Stacia guía a Linda en el mismo estilo cowgirl hacia el bicho de Rico para que ella también pueda jugar. Pero en lugar de aceitar los pechos de Linda, Stacia va directamente a su clítoris. Exprime el aceite por todo el montículo de Linda, donde estaría el vello púbico si lo tuviera, y lo ve fluir lentamente hacia su clítoris.

Ya reanudando su molienda Rico rebota Linda varios centímetros por su eje mientras Stacia lame su lengua para tratar de atrapar el clítoris expuesto de Linda en cada rebote. Esto hace que Linda entre en un frenesí de follada, haciéndola rebotar aún más sobre el resbaladizo eje de Rico. Rico se levanta soltando las caderas de Linda y acaricia sus pechos burlándose de sus pezones. "Ai Papi sí, así, me voy a venir, oh sí, no pares ahí!"

Al sentir los jugos de Linda fluyendo, Rico siente que su propia prisa se inicia. " Estoy a punto de venir mami, espera más despacio!" Antes de que Rico pueda terminar su declaración, explota segundos después de que Linda lo saque de ella. Stacia se lleva la peor parte del géiser en erupción, mientras Linda lo sacude en el eje para ordeñar todo lo posible.

Vacío y sin aliento, Rico se levanta lentamente. "Gracias por tu ayada." Les dice. "Quizá podamos volver a corrernos juntos más tarde." Continua Rico "Sin duda." Dice Stacia. "Cuando quieras, de día o de noche." Sigue Stacia. Rico se dirige a la cocina, coge su ropa, vuelve por el aceite sexual y sale por donde ha entrado. Las dos mujeres no pierden tiempo, se dirigen directamente a la ducha y se meten juntas para ahorrar tiempo.

De camino al centro comercial, Stacia come el desayuno que Linda le ha comprado, mientras Linda cuenta los acontecimientos del día hasta ahora. Desde el encontronazo durante su jogging, hasta el descubrimiento de Elegante "Lo irónico es que me he encontrado con el mismo Papi todo el día."

"Diablo chica." Responde Stacia. "Has tenido un día muy ocupado hasta ahora." Continua Stacia. "Sí, y realmente no sé qué hacer." Responde Linda. "¿Hacer sobre qué? No me digas que te enamoraste." Continúa Stacia. "Bueno, tal vez, no sé, hay algo en toda la situación." Responde Linda. "No puedo poner el dedo en el." Continúa Linda. "Parece que quieres poner algo más que tu dedo." Chispea Stacia.

"Cállate, necesito tu consejo." Suplica Linda. "Mira ma, este tipo casi te apaga las luces, pero aún así te contagias de sentimientos hacia él. Suena como una mierda tipo síndrome de Estocolmo." Bromea Stacia. "Estás bromeando y yo hablo en serio." Dice Linda molesta. "Espera, déjame adivinar, es boricua, ¿no?" Pregunta Stacia. "wah...um si, pero..." "Lo sé, siempre has tenido una debilidad por los boricua's." Dice Stacia con naturalidad. "¡Estás en una mierda tipo atracción fatal ahora mismo!" Continúa Stacia. "Espero que sepas lo que estás haciendo." Continua Stacia. "Maldita sea chica, se supone que tienes que cubrirme las espaldas." Linda le recuerda a Stacia. "No me malinterpretes, siempre te cubro la espalda, chica. Sólo tómate tu tiempo para ver si es realmente amor o sólo lujuria." Responde Stacia. "¡Estúpida!" se ríe Linda. "Pero en realidad siento lo que dices, te prometo que tendré cuidado." "Esa es mi chica." Dice Stacia.

CAPITULO 4

El deseo inquisitivo (La persecución)

De vuelta a Elegante, Mauricio está abrumado por el papeleo mientras el salón sigue bullendo de clientela alrededor. Va a coger el teléfono y éste le canta en la mano. "Hola, Elegante." Saluda mauricio a la persona que llama "¿En qué podemos servirle?" Es el dueño del club que llama para confirmar la programación del concierto y el precio de todas las comodidades que Mauricio pidió. "Pasaré por allí más tarde y cuadramos todos." Acuerdan la hora y cuelgan.

En ese momento, el primo de Mauricio asoma la cabeza en la oficina y trae consigo el ruido del salón. "Primo, ¿qué la qui hay?" Saluda Mauricio's. "Entra, entra." Sige Mauricio. "Tranquilo Pai, todo tranquilo." Responde Dre. "Yo, acabo de hablar con el del club, está en marcha para esta noche." Cuenta Mauricio. "Maldita sea, esta cosa es irreal pai, nunca pensé que esto podría saltar!" Responde Dre. "Solo necesitas un poco de publicidad, ya vienes con el talento." Continúa Mauricio. "Gracias a ti, primo, tengo una mier..." "Nada pai." Interrumpe Mauricio. "Siempre has sido una estrella, no lo olvides nunca." Continua Muricio. "Dale, sólo pasé a decir paz, me tengo que ir. Tengo una cita para un masaje." "No me mires así." Continúa Dre. "Es con Angela." "Cabron me esta sacando dinero de mi bolsillo." Dice Mauricio burlonamente. "Lo sacaré de lo de esta noche." Los dos se ríen. "Checkiamo!" Dice Mauricio mientras Dre sale de la oficina.

Cuando se acerca la hora del almuerzo, Mauricio respira aliviado. Por fin puede dejar todo el agotador papeleo. Llama por teléfono a la azafata y se asegura de que ha recibido los pedidos de comida de todos los empleados. Ella ya se ha adelantado a él, tiene la lista y está esperando a que la recupere.

Como lo hace en el desayuno, Mauricio también lo hace en el almuerzo; la preocupación por sus empleados es inquebrantable. Para él, son esencialmente la columna vertebral de toda su empresa. Si no fuera por su compromiso, no tendría tanto éxito.

Antes de salir de la oficina, coge algo de dinero para gastos menores y sigue su camino. Al salir de la tienda, saluda a algunos clientes habituales, coge la lista de la comida y le dice a la anfitriona que aguanta la frontera. "Siempre Papi." Responde ella seductoramente mientras se muerde el labio.

Mauricio se dirige a El Rey David's VR Café y Deli para comprar algo sano y agradable. Al entrar en el aparcamiento, se fija en un BMW que ha visto antes. Lo único que le llama la atención es la pintura de caramelo de color lavanda con escamas metálicas. Lee la placa "I BGHT IT" y cae en la cuenta: "Es la *que me hecho la puñeta en Sweeties.and.Honey." "Coño, se me olvidado pasar la placa."* Como se encuentran de nuevo, decide esperar y tratar de saludarla primero.

Ansioso por tratar de obtener respuestas para su actitud revoltosa, Mauricio aparca rápidamente y entra en la cafetería. Tratando de mantener la calma, recorre el local en busca de la infame banshee. Finalmente, la localiza junto a una barra de pie con otra mujer y se lanza a por ella.

"Maldita sea, Mami!" Dice Stacia. "Hay un Papi fino caminando por aquí." "Salga por la izquierda para que pueda saludarlo." Continúa Stacia. "Maldita sea, ¿puedo al menos echar un vistazo?"

Responde Linda. "Claro que no, ya tienes un hombre, ahora sal del medio para que yo pueda conseguir el mío." Replica Stacia. "¡No es mi hombre, puta!" Exclama Linda. "Todavía no, ahora vete en paz." Responde Stacia.

Con desgana, Linda se aleja, dejando a Stacia sola en la mesa. "Ahi Papi... Ahi donde..." es todo lo que Stacia pudo decir mientras ve a Mauricio seguir detrás de Linda. "Mira Mami, Esperate." Mauricio llama a Linda. "¿Puedo hablar contigo un minuto?" "cabron, qué estás ciego?" Le grita Stacia a Mauricio. Pero con su mente única, Mauricio no puede oírla. Está concentrado en una cosa y la victoria está casi al alcance de su mano.

Mauricio sigue gritando detrás de Linda hasta que ella finalmente se da cuenta de que es a ella a quien llaman. "¿Me hablas a mí?" Dice Linda mientras se da la vuelta. "Yo..." es todo lo que puede decir cuando se da cuenta de que es Mauricio. *"¡ahi carajo!"* Piensa para sí misma. "¡Es *él! "Bien, chica, mantén la calma. Puedes hacerlo."* "ahi, eres tú otra vez." Le dice con un ligero tono de molestia en su voz. "Sí, soy yo!" Responde Mauricio. "Pero no me maldigas ni salgas corriendo. Quiero hablar contigo." "¿Qué fue todo eso de esta mañana?" Continúa Mauricio. "Yo... espera, dónde están mis modales. Me llamo Mauricio, y tú eres?" "¿De verdad no te acuerdas de por qué te maldigo?" Pregunta Linda. "Ni idea." Responde Mauricio. "Fui el atropellado en el parque." Continúa Linda. "En la pista de footing, te suena eso? "¡Maldita sea! Los ojos de Mauricio se abren de par en par y se queda con cara de tonto. "No tenía ni idea, perdóname." "Intenté disculparme, pero seguiste moviéndote." Responde Mauricio con lastima en el voz. "Bueno, piénsalo, si alguien casi te atropella, querrías pararte a ablar con él?" Pregunta Linda.

"Entiendo." Responde Mauricio. "Pero me gustaría disculparme formalmente por mi despiste y pagar tu almuerzo." Linda le mira con cara de boba: "Acepto tus disculpas, pero tengo mi propio almuerzo, gracias. No necesito tu dinero." Le dice Linda a Mauricio rodando los ojos. "No quise decir..." Dice un confundido Mauricio. "Ahora si me disculpas, mi amiga y yo ya nos íbamos." Responde Linda con mal gusto. "Espera, no escuche tu nombre". "Ya se…" Responde Linda con una sonrisa seductora, luego se da la vuelta y se aleja dejando a Mauricio de tonto.

Alcanzando de nuevo a Stacia, Linda se dirige rápidamente a la puerta de salida antes de que Mauricio intente alcanzarla. "¿Qué demonios acaba de pasar?" Pregunta Stacia. "Sigue avanza." Linda responde. "Te lo contaré en el coche."

De vuelta al coche, Linda respira ondo, pero sabe que él aún podría intentar atraparla. Así que arranca el coche y sale del aparcamiento. "¿Qué demonios acaba de pasar?" Pregunta Stacia agitada."¡ese era el!" Responde Linda. "¿Qué, Quién? "El Papi de esta mañana." Le recuerda Linda. "¡ahi, mierda! "Sí, tienes razón, es guapo." "Oye, si no te decides a echar un polvo con él, avísame. Te quitaré ese culo de las manos." Continúa Stacia.

Linda lanza una mirada a Stacia que podría haberla matado. "Ahi, quitate de las lagrimas." Se burla Stacia. "Te ha hecho saltar y aún no ha entregado la mercancía." "¡Mira, tu eres una sucia!" Pronuncia Linda tratando de disimular su sonrisa.

"Vaya, cómo se me ha podido escapar una bellesa así?" Piensa Mauricio. Trata de recordar el incidente en su mente. "*Ah, sí, es cierto, tenía ese traje rosa tan ajustado y el pelo recogido en una trenza.*" "*Maldita sea, tengo que tener más cuidado.*" Sige pensando Mauricio. "*No puedo dejar pasar a bellesas asi otraves*".

Al salir de la tienda, Mauricio llama a Melissa, su contacto en la policía local.

"Hola officiar Melissa a tu servicio." "Que cojone, tan formal que eres." Responde Mauricio. "Papi, tanto tiempo sin hablar." Responde Melissa. "Sí, demasiado tiempo." "Escucha, necesito un favor." Sigue Mauricio. "Bueno, yo estoy bien, y tú?" responde

Melissa sarcásticamente. "Lo siento, es que estoy muy presionada por el tiempo. Pero te quiero." Dice Mauricio. "¿Ahi, qué necesitas?" pregunta Melissa rodando los ojos. "Tengo una placa, y necesito que busques la dirección de el dueño." "¿Alguien se está metiendo contigo Papi?" Pregunta Melissa bruscamente. "No, nada de eso." Responde Mauricio. "¿Cuál es el número de la matrícula?" Pregunta Melissa. "Las placas son personalizadas, ¿estás listo?" Pregunta Mauricio. "Sí." Responde Melissa. "Bien, es I-B-G-H-T-I-T, es un BMW con pintura de caramelo lavanda." Sigue Mauricio. "Lo tengo". "Oye, ¿qué ella hizo para merecer esta investigación?" Pregunta Melissa. "Ella me sopló." Responde Mauricio. "Nunca aprendes." Dice Melissa sonriendo. "No siempre puedes salirte con la tuya". Melissa le recuerda. "Bueno, ya me conoces Ma." Responde Mauricio. "Sí, muy bien." Dice Melissa. "¿Pero sabes que esto tiene un precio?" Sigue Melissa. "Sin duda." Responde Mauricio. "Tú me tira y estaré allí." Continúa Muricio. "Sí, bien porque tengo un picor que hay que rascar." "Loca!" Se ríe Mauricio. "Mándame un mensaje con la información." Sigue Mauricio. "Chao Papi." Melissa le dice mientras cuelga la llamada.

CAPÍTULO 5:

Recaída inesperada (Regreso a Bedlam)

Después de hacer el pedido de comida para sus empleados, Mauricio deja la comida en el salón. "Asegúrate de que todo los empleados tenga su comida." Mauricio le dice a la anfitriona. "Aquí está la lista." Sigue Mauricio. "¿Te vas otra vez?" Le pregunta la anfitriona. "Sí, tengo que ocuparme de algunas cosas antes de que se haga tarde. Estaré fuera un par de horas. Si me necesitas, mándame un mensaje." Sigue Mauricio. "De acuerdo Papi, te guardaré todo para ti."

Al salir del aparcamiento de Elegante Mauricio decide visitar el tanatorio. Este es el estudio que construyó para la banda de sus primos, Dark City. Quiere ver cómo está su primo antes de ir al club a ultimar todo para la fiesta.

De camino al estudio, Mauricio recibe una llamada de un número no deseado. "Yo, ¿qué pasa chico?" Dice Mauricio claramente agitado. "Que quieres!" Sigue Mauricio. "Que bien benido." Responde Chico sorprendido por la agresividad de Mauricio. "Por que el hostilidad." Pregunta Chico. "¡Estoy ocupado, Que tu quieres!" Responde Mauricio. "Bien, llego al punto de mi llamada." Responde Chico. "Yo tengo un trabajo para ti y..." "Que, Ya te dije que me Sali de eso ya!" Exclama Mauricio. "¿Qué, ya te olvidaste?" Dice Chico.

"Pues, le hable con Rafael, y el perpuso que te llamara a ti." Continúa Chico. Con desgana en la voz, sintiéndose derrotado Mauricio pregunta: "¿Qué es la ciencia?" "Vamos, así es Papi?" Responde Chico con una sonrisa en la cara. "Somos como familia, recuérdalo." Continúa Chico. "¡Mierda, No somos familia Maricon!" "Encuentrame en un dia malo y te mato payaso!" Exclama Mauricio.

Ya en el aparcamiento del tanatorio, Mauricio intenta calmarse. "¿Qué el trabajo?" "Pregunta Mauricio. "Ai papi, Nunca por teléfono, ya tu sabes." Responde Chico. "Donde estas, te encuentro alla." Sigue Chico. "Me puede encontrar en el depósito de cadaveres en la esquina de blocke seis." Responde Muaricio. "Vaya, esto ahi." Dice Chico antes de colgar el telephono.

Frustrado, Mauricio cuelga y se da cuenta de que no hay mucho que pueda hacer ahora más que hacer el trabajo. Sale de su coche y entra en el estudio, detrás de la puerta, las puertas del ascensor se abren al instante. Mauricio entra y aprieta el botón etiquetado como cuarto del infierno y el ascensor comienza su descenso al inframundo.

Una vez en el fondo, se abren las puertas y Mauricio es asaltado con el riff de guitarra más cabron y un breakdown de batería demencial que jamás haya escuchado. A continuación, el resto de la banda se une mientras comienzan a ensayar el primer tema de la actuación de esta noche.

Disfrutando de la melodía que sale de los altavoces, Mauricio espera su descanso. "Vaya, esa mierda esta cabron, no puedo esperar a que el álbum caiga. Te juro que las calles no están listas." Dice Mauricio a la banda mientras pulsa el botón del intercomunicador. La banda sale de la cabina y todos están de acuerdo con Mauricio.

Cuando la banda entra en la cabina de control, Mauricio les dice que quiere hablar con ellos. "¿Están listos para el concierto de esta noche, porque voy de camino a pagar el club? Pero si no estáis preparados, decídmelo ahora..." "¡Claro que estamos preparados!" grita Philly, el batería. "Dale!" Responde Mauricio. "Va a haber grandes productos allí, así que tenéis que estar afilados como una espada." Sigue Mauricio. "Primo, no nos acabas de oír? ¡Estamos en llamas!" Responde Dre. "Dale, eso es lo que quiero oír." Responde Mauricio. "Mira Dre, déjame hablar contigo." Continúa Mauricio.

"¿Qué pasa Primo?" Pregunta Dre. "Na mano, vine a ver el progreso" Responde Mauricio. "Y tengo que decirte que estas a fuego." Sicue Mauricio. "Dale pai, estoy tratando de mantener la cabeza nivelada, y tú la revientas ahora mismo." Dice dre. "Pero en serio, si no fuera por ti..." Sigue Dre. "Deja de eso." Replica Mauricio. "Ustedes tienen el talento, todo lo que estoy haciendo es un poco de promoción para sacarlos para que las masas se desconecten".

Mauricio cambia rápidamente de tema y le cuenta a Dre de la chica que conoció. Cómo casi la mata, y los varios encuentros que han tenido hoy. "caballo, no sé qué tiene ella." Dice Mauricio. "Ella es diferente." Sigue Mauricio. "¿Seguro que quieres metrte con ella?" Pregunta Dre. "Digo, casi la tienes llamando ausilio." Dice Dre reíendose. "Si la hubieras visto mano, pensarías lo mismo." Responde Mauricio. Vaya, ella lo tiene todo: un cuerpo de lujo y una personalidad de fuego. Tengo a Melissa comprobando su información." Continúa Mauricio. "Dun, dun, dun, vaya Sherlock Holmes." Bromea Dre. "¿Qué vas a hacer, acosarla?" Ambos se ríen.

"Oh sí, en una nota diferente." Dice Mauricio. "Chico viene hacia aquí." Sigue Mauricio. "¡Que se joda ese negro!" Grita Dre. "Voy a matar a ese payaso!" Sigue Dre. Todos en la sala comienzan a mirarlos con ese exabrupto. "Todo está bien." Dice Mauricio a través de una sonrisa nerviosa. "Demasiado café tomaste?" Dice

Mauricio tratando de difundir el situacion. "Dile a ese cabrón que no se asome por aquí o acabaré con él!" Dice Dre aún enfurecido. "¡Me da igual que sea un típo hecho!" Continúa Dre. "Es un mama bicho irrespetuoso!" Sigue Dre. "Tranquilo mano, me voy a encontrar con él arriba, yo me encargo de el." Dice Mauricio tratando de calmar a Dre. "Lo único que te tiene que preocupar es el concierto de esta noche." Sigue Mauricio. "Primo, no sé por qué te uniste a la P.R.M. (Mafia Puertorriqueña)." Explica Dre. "Pero sabes tan bien como yo, que esto no va a acabar bien." Sigue Dre. "Te juro primo, todo va estar bien." Responde Mauricio. "Sabes que más bien fui reclutado por la P.R.M." Responde Mauricio. "No tuve otra opción. Pero te juro que he terminado con eso." Continúa Mauricio. "Se lo dejé claro a Chico cuando hablamos."

Justo entonces, suena el teléfono de Mauricio. "Tengo que pelar, está aquí. Déjame ir a ocuparme de esto, tú ve a terminar tu ensayo." Dre acepta. Mientras Mauricio se dirige a salir, toma dos botellas de Heineken del pequeño refrigerador, esto es una señal de respeto a cualquier hombre hecho en el P. R. M.

De vuelta en el ascensor, a Mauricio se le ocurren muchas cosas sobre lo que Chico puede tener preparado para él. El Escalade color crema de Chico, con los cristales tintados, está aparcado justo delante del edificio. Espera pacientemente a que llegue Mauricio.

Al acercarse al camión, uno de los secuaces de Chico sale y registra a Mauricio. Una vez satisfecho, se queda fuera y le dice a Mauricio que suba. Una vez que Mauricio entra, el hombre cierra la puerta y se coloca delante de ella, bloqueando la salida de Mauricio.

El interior del Escalade está engalanado con gamuza blanca y asientos tipo limusina. Sentado frente a Mauricio está Chico, el número dos de la P.R.M., con un traje de lino blanco. "Veo que aumentaste de peso." Dice Mauricio mirando la camisa ajustada de Chico. Respirando con fuerza, Chico se encoge de hombros ante el comentario y le saluda. "Papi, que lo que ahi? Ya ase un buen tiempo, te ves bien, que as hecho con tu vida?" Pregunta Chico. "Mierda." Responde Mauricio. "Qué lo que queres? Esto no es un reencuentro." Continúa Mauricio.

"Calmate, tu estas muy tenso." Dice Chico. "Somos mejor que eso."). "Vamos a ir al grano." Dice Mauricio. "Ta bien, ta bien." Responde Chico. "Mira tengo un paquete y necesito que to lo lleve para Virginia. Alguien te está esperando" Continúa Chico. "Porque yo, yo te dije que termine con esa vida." Dice Mauricio. "Eso no es todo, necesito que me encuentres a un mama bicho que me debe dinero." Continua Chico.

"Diablo Chico, yo no briego más nas, combie mi vida!" Exclama Mauricio. "Mira payaso, quien te ayudo combiar ese mardito vida, tu nos debe!" Responde Chico con desprecio, y molesta. "Sin embargo, tu no tienes un remedio. Recuerda, esta la muerte! Sigue Chico.

"Cabron dame los detalles, y despues de esto no regresa." De repente Chico agarra a Mauricio por el cuello. "Mira puto, tu perteneces a nosotros. Tu aga lo que nosotros digamo!" "Ven a buscar el trabajo y el perfil de la masca el sábado." Continúa Chico. "Te esperan en Virginia el domingo, y recuerdate si me jodes te mato a ti y tu familia emtero." Sigue Chico. Entonces Chico le suelta, golpea la ventana y le hace un gesto para que se vaya indicando el fin de la reunión. El hombre que está fuera de la puerta de Mauricio la abre, saca a Mauricio de la camioneta, se sube y cierra la puerta.

Sentado en las escaleras del estudio, Mauricio se siente de lo más deprimido. Piensa para sí mismo: *"No puedo creer que me hayan metido de nuevo en este lío. Me juré a mí mismo no volver a esta vida."* Sintiendo que no hay otra opción, se dice a sí mismo: *"Mierda, supongo que Severio está haciendo una recaída inesperada."*

Completamente inmerso en sus pensamientos, Mauricio se olvida de volver a consultar a Dre y, en cambio, se marcha a terminar sus recados. Cuando sale del aparcamiento, recibe un mensaje de texto. Es de Melissa y ha conseguido toda la información que le pidió. Justo después del texto llega otro, pero éste es un texto con foto. Lo abre y ve una foto de una mujer abriendo los labios de su chocha en lo que parece ser una cabina de baño. El mensaje bajo el texto dice: *"No olvides que tenemos una cita y que necesito un buen trabajo de lubricación, Mel. "Maldita sea, mamá."* Piensa Mauricio: *"Eres una frikitona de verdad."*

Con la información obtenida, llama a su florista, encarga varios ramos de rosas rojas de tallo largo y le da a la mujer la dirección de Linda. Adjunta una nota al pedido que dice: *"Ese juego difícil de conseguir se juega chula, Mauricio."*

CAPITULO 6:

La estimulación ilusoria (la fantasía)

Agotadas por la emoción de las compras del día, Linda y Stacia se dirigen a su apartamento para relajarse antes de su turno en el club.

Al acercarse al condominio, se sorprenden por la gran cantidad de furgonetas con flores aparcadas en su calle. "Maldita sea, alguien está recibiendo mucho amor esta noche." Comenta Linda. "Sí, esta noche echan mucho polvo." Responde Stacia. Linda se vuelve hacia Stacia y le lanza una mirada tonta. "¿Qué, estoy mintiendo?" Continúa Stacia.

Cuando llegan a la entrada de su casa y salen del coche, se dan cuenta de que todos los conductores de las furgonetas empiezan a salir de sus vehículos. Las dos chicas se ponen nerviosas mientras se acercan a la puerta principal. "¡Más vale que se echen atrás, hijos de puta!" Grita Stacia mientras se gira para enfrentarse a los hombres. "Tengo spray de pimienta y no tengo miedo de usarlo." Sigue Stacia. "Espere, señora." Dice uno de los conductores. "Sólo hemos venido a entregar estas flores." "Aquí está la orden de compra." Sigue el hoimbre. Stacia escanea el recibo, ve la dirección y el nombre del destinatario. "Maldita sea, Linda. Son para ti!" "Para mí!" Responde Linda Sorprendida. "Qué, déjame ver ese recibo." Le quita el recibo a Stacia.

Stacia suelta el portapapeles y Linda ve su nombre con toda claridad. Pero ahora está confundida. "Quién me enviaría flores?" Se pregunta en voz alta. "Esta persona ha enviado una tarjeta?" Pregunta Linda. El florista corre a su furgoneta, recupera la tarjeta y se la entrega a Linda.

Lo abre y, al leerlo, se sonroja al instante. "De quién son?" Pregunta Stacia. Linda le entrega la tarjeta y ella lee: "Ese juego difícil de conseguir se juega chula, Mauricio".

"Es quien creo que es?" Pregunta Stacia. "Sí, lo es." Responde Linda aún sonrojada. "Pero cómo..." Se pregunta Stacia. "Señora, dónde podemos poner sus flores?" Pregunta la florista. "Oh sí, lo siento." Se disculpa Linda. "Déjeme abrirles la puerta."

Uno a uno, los floristas descargan lo que parece un cargamento de rosas. Con cada arreglo que traen, Linda se sonroja y su sonrisa se amplía. Por fin, el florista le da a una estupefacta Linda el portapapeles y le pide que firme. "Gracias" Dice Linda mientras los floristas se marchan.

De pie en la puerta de su casa, Linda mira un mar de rosas que se extiende hasta el salón y la cocina. "Maldita sea! mami, le diste un primera impresión increíble." Comenta Stacia. Perdida en la emoción, Linda se queda sin palabras y no hay palabras que puedan expresar lo que siente en este momento.

"Qué vas a hacer?" Pregunta Stacia. "Voy a ir a la tienda ABC." Responde Linda. "No, me refiero a tu príncipe." Sigue Stacia. "Oh, aún no lo he decidido, pero seguro que va por buen camino." Responde Linda con una sonrisa. "Tu eres mala." Bromea Stacia. "Oye, tráeme un poco de Bacardi mientras sales." Sigue Stacia.

Durante todo el viaje a la tienda, Linda está aturdida. Nunca ha recibido este tipo de atención de un hombre. No puede decidir qué hacer, nunca se ha abierto a ningún hombre. Siente que su muro se rompe por este hombre.

De vuelta al condominio, Linda intenta abrirse paso entre la multitud de flores. Stacia enciende todas las velas aromáticas colocadas estratégicamente por toda la casa, y el sonido de Silk fluye por los altavoces de la casa, provocando una atmósfera de sensualidad.

Finalmente en la cocina, Linda coge una copa de vino y un vaso de bebida. Pone un poco de hielo en un cuenco y sube a dejar el Bacardi y el hielo a Stacia. Se retira a su habitación para relajarse.

Linda descorcha la botella de vino, se sirve una copa y se la bebe rápidamente. Mientras se sirve otra copa, no puede quitarse a Mauricio de la cabeza y llega a la conclusión de que debe seguir a su corazón. Y así, comienza a desnudarse y se coloca frente a su espejo de cuerpo entero completamente desnuda. Se gira a la izquierda y luego a la derecha; finalmente, se da una palmada en el culo y se dirige a la bañera.

Después de llenar la bañera con burbujas y agua caliente, se sumerge y se sumerge en el calor del agua. Cerrando los ojos, deja que la atmósfera envuelva todo su cuerpo. Pronto, con Mauricio todavía en su mente y el regalo con el que la sorprendió, su pensamiento se vuelve de naturaleza extraña.

"Nunca me había excitado un hombre así." Piensa Linda mientras se acaricia el cuerpo. Lentamente, acaricia los labios de su cocha con los dedos mientras fantasea con el cuerpo desnudo de Mauricio.

Seductoramente, Mauricio se acerca a la bañera de Linda contoneando sus caderas mientras se quita una prenda de ropa cada vez. De pie frente a la bañera, está completamente desnudo excepto por un tanga con la bandera de Puerto Rico. Sigue moviendo las caderas al ritmo de la música que ella tiene en la cabeza. El aroma de la vela la sumerge aún más en la fantasía, haciéndola parecer tan real.

Al levantar la mano para intentar acariciar el bicho totalmente erecta de Mauricio, Linda recibe un ligero golpe en la mano advirtiéndole que no la toque. Lo único que puede hacer es sentarse y disfrutar del espectáculo en silencio. Sin previo aviso, Mauricio mete la mano bajo el agua y acaricia el pecho de Linda, el agua proporciona una excelente lubricación para que él se burle de sus pezones hasta la erección completa.

Satisfecho con su burla a los pezones, Mauricio desciende lentamente su mano por el cuerpo de ella, se miran fijamente mientras busca los pliegues exteriores de sus labios. Ella le permite separar los muslos y pasar la mano por su clítoris. Con dos dedos, separa los labios de ella, exponiendo su virginidad al calor del agua.

Lentamente, Mauricio desliza dos dedos dentro de Linda, haciendo que su interior se caliente. Da largos golpes con los dedos, acariciando su clítoris con cada subida, llevando a Linda al límite. Linda grita mientras su chocha estalla con sus pegajosos jugos. "Maldita sea mami, eso fue rápido." Le susurra Mauricio al oído. "coño! Esa mierda se sintió cabron." Responde Linda mientras sus convulsiones disminuyen.

Preparado para el siguiente paso, Mauricio se puso de pie y le tendió la mano a Linda, ayudándola a salir de la bañera. Ella se levantó lentamente, pero sentía las piernas como gelatina. Mauricio la coge rápidamente en brazos. Se dirige a su cama de cuatro postes y deposita su cuerpo mojado suavemente sobre las sábanas de algodón egipcio. Se retira y se maravilla de su belleza. Mira su cuerpo de arriba abajo y disfruta de la belleza de Linda.

Para seducirlo, Linda se acaricia los pechos y se chupa los pezones mientras lo mira directamente a los ojos. Va más allá, separando ligeramente las piernas para que Mauricio pueda ver su clítoris hinchado y esto lo pone instantáneamente en acción. Le arranca el tanga con tanta fuerza que hace que su erección se balancee violentamente hacia delante y hacia atrás.

Invitando a Mauricio a acercarse a ella, Linda abre más las piernas y lo guía entre las suyas. "Oye mami..." Interrumpe Stacia mientras irrumpe en el baño. "Oh, maldición, mi error." Se disculpa Stacia. "¿No sabes tocar a la puerta?" Pregunta Linda, furiosa porque la han sacado de su fantasía. "He dicho que lo siento, caramba. Responde Stacia. "De todos modos, es posible que quieras prepararte, ya casi es hora de irnos." Sigue Stacia.

Con un suspiro de frustración y algunas dudas, Linda sale de la bañera y se dirige a su cuarto para prepararse. "Vamos a tener que terminar esto en otro momento." se dice Linda a sí misma.

CAPITULO 7:

Adquisiciones de iluminación (el resumen)

Después de su reunión con el dueño del club, Mauricio llama a Dre al móvil. "vaya pai, el juego es un pie." "Qué dise, qué diablos significa eso?" Responde Dre. "Oye, tienes que ponerte al día con tu jerga de Sherlock Holmes. Significa que el misterio se revela." Explica Mauricio. "Oh, pues deberías haber dicho eso. Le has hablado al tipo del club?" Continúa Dre. "Sí, a eso me refiero." "De todos modos, esta prendido, esta mierda va estar encendido." Continúa Mauricio.

"Sin embargo, hay una cosa que me jodió cuando estuve allí." Continúa Mauricio. "Cómo?" Pregunta Dre. "Cuando llegué allí, tenían un póster a tamaño real de los bailarines. La mierda era gigante." Dice Mauricio. "Claro." Responde Dre. "Y los bailarines llevaban máscaras en la cara." Continúa Mauricio. "vas a llegar al punto o no?" Dice Dre. "Maldita sea, déjame terminar! Había una chica en el cartel, me parecía tan familiar y sus ojos me cantaron. No sé de verdad." Sigue Mauroicio. "Deja eso mamon, deja esa puteria cabron." Responde Dre riéndose. "te juro cabron, hablo en serio." Emplora Mauricio. "Se parece a la chica de esta mañana, a la que casi atropello." Mauricio continúa. "Mira Cabron estas enfermo. Ahora la ves por todas partes. Necesitas ayuda del Dr. Phil cabron. Pero sólo hay una forma de averiguarlo." Continúa Dre. "Esta noche, en la fiesta, jalale su tarjeta." Sigue Dre. "Sí, tienes razón, la comprobaré esta noche." Responde Mauricio. "Checkiamo primo, voy de vuelta a la tienda. Te llamaré más tarde". Continúa Mauricio.

De vuelta a Elegante, Mauricio se dirige a su despacho, ajeno a su entorno. Está tan absorto en sus pensamientos que no se da cuenta de los clientes que intentan llamar su atención. En su despacho, cierra la puerta tras de sí y se dirige a su mesa, pero la puerta no llega a cerrarse. Ángela le pisa los talones y le saca de su trance.

"Primo!" Grita Angela. "Tienes que prestar más atención." Sigue Angela. "A qué te refieres?" Pregunta un confundido Mauricio. "No has oído a los dos clientes que intentaron llamar tu atención?" La pregunta Angela a Mauricio. "¿Qué, Cuándo?" Dice Mauricio con una expresión de confusión en el rostro. "A eso me refiero exactamente." Responde Angela. "Pero no te preocupes, yo me ocupé." Sigue Ángela con una expresión de tranquilidad. "Maldita sea, me he espacado de verdad, gracias por eso. Dónde estaría yo sin ti?" Continúa Mauricio. "En problemas." Responde Angela riéndose. "¿Qué te pasa, Por qué estás tan preocupado?" Pregunta Ángela con cara de preocupación. "Problemas de mujeres, entre otras cosas." Responde mauricio. "Mi especialidad, vale, cuéntamelo." Dice Angela y se sienta rápidamente.

"Bien, hay una chica..." Responde Mauricio. "Excusa!" Interrumpe Angela. "Lo siento, mujer, y la hice mal. Así que más o menos me echó la bronca de forma muy pública." "Fue muy vergonzoso." Explica mauricio. "Intenté disculparme, pero me sigue dando la espalda. Le envié flores después de encontrar su dirección abajo..." Explica Mauricio. "Encontrada?" Interrumpe Ángela. "Vale, la hice buscar." Confessa Mauricio. "¿Melissa?"Pregunta Angela. "Sí, pero el caso es que no la he llamado, no quiero que me rechace." Sigue Mauricio. "Pero ahora, la estoy viendo en todos los sitios a los que voy. Es una locura extraña, a decir ." Cuenta Mauricio acostado en su sofá. "Espera... Qué? Cómo que la ves por todas partes?" Pregunta Ángela confundida.

"Por ejemplo, acabo de llegar del club que tengo para el espectáculo de esta noche." Explica Mauricio. "Sabes que es un club de caballeros, verdad? "Sí." Responde Ángela. "Sin embargo, hay un giro, llevan máscaras para que no se les vea la cara. Ayuda al papel de fantasía." Explica Mauricio. "Vale, entonces?" Insiste Ángela. "Bueno, te juro que una de las chi... digo, de las mujeres se ve igual a ella. La mujer a la que envié flores". Explica Mauricio. "¿Cómo lo sabes, no llevan máscaras?" Pregunta Ángela. "Bueno, los ojos de una de las mujeres del cartel me recuerdan a ella." Cuenta Mauricio. "¿Quién es esa chica a la que enviaste flores? Pregunta Angela. Se llama Linda y casi la atropello esta mañana. Por eso le envié flores." Sigue Mauricio. "Ja, su apellido es López?" Pregunta Ángela. "Sí, ¿pero cómo?" Responde Mauricio muy confundido.

"diablo qué pequeño es el mundo." Responde Angela. "Ella estuvo aquí hoy?" pregunta Mauricio con entusiasmo. "Sí, la peiné y me contó todo sobre tu 'encuentro'." Responde Angela. "De verdad, Qué te dijo?" Le pregunta Mauricio.. "Me contó todo sobre el encuentro de la mañana, tu encuentro en Sweeties and Honey. Parece que te estaba sintiendo, Pero cuando te vio, se asustó." Continúa Angela.

"¿Cuándo ocurrió todo esto?" Pregunta Mauricio. "Antes del almuerzo." Responde Ángela. "Pero claro, tú estabas en el país de la lava. Cuando le mostré quién era el dueño, te vio y se enfogono, pero su lenguaje corporal mostró sus verdaderas emociones." Cuenta Angela. "Qué quieres decir?"b Pregunta Mauricio mientras se aferra a cada una de sus palabras. "Bueno, cuando te vio, su cara se puso como si estuviera enfogonado, pero arqueó la espalda como si estuviera teniendo un ataque de demonio de la lujuria." Le cuenta Angela. "Oh, Es todo lo que pudo decir. Pero creo que tenía miedo de enfrentarse a ti." Angela continúa. "Se fue con mucha prisa." Sigue Angela.

"Quizá lo sea, quizá no sea la chica del club, pero..." Dicde Angela. "Espera." Interrumpe Mauricio. "Por qué tú puedes usar la palabra 'chica' y yo no?" Pregunta Mauricio. "Porque soy una chica." Responde Angela. "tienes razón." Dice Mauricio. "De todos modos, como decía antes que me interrumpido bruscamente." Continúa Ángela mientras le pone los ojos en blanco a Mauricio. "Ten cuidado con ella, una mujer que a hacido herida, trae dolor y sufrimiento." Conseja Angela. "Gracias prima, qué haría yo sin ti? Mantén el oído en la calle por mí." Continúa Mauricio.

"Sin duda." Responde Angela mientras sale por la puerta. Al salir, se da cuenta mientras piensa para sí misma: "Eso es lo que sentía por esta chica. Espero que no le haga daño a Mauricio. No quiere verme".

Todavía sentado en su escritorio, Mauricio esboza una sonrisa siniestra. "Ahora tengo más motivación para perseguir a esta chica, pero Ángela tiene razón, tengo que ser suave con esta."

CAPITULO 8:

La exposición social (el concierto)

Después de cerrar la peluquería por el dia, Mauricio está de vuelta en su casa bañandose y afeitándose perparandose por el concierto de esta noche.

En toda la casa sólo se escuchan los sonidos de Wisin y Yandel, uno de los grupos de reggae favoritos de Mauricio. Con el volumen a todo alto, a cualquiera que pase por allí le parecerá que se está celebrando una fiesta.

Dirigiéndose a su armario, Mauricio baila y canta la canción que está sonando en ese momento. Todavía en movimiento, Mauricio coge el flamante traje hecho a medida por: PAPI CHULO-MAMI CHULA ATAVIO. Se lo hizo sastre con meses de antelación para esta ocasión especial. Coge sus joyas más elegantes: una cadena de eslabones cubana de 20" con un colgante con la cara de Jesús que su madre le compró una Navidad. Una pulsera de eslabones cubanos a juego con el collar, y unos zapatos a juego con el traje. Hizo que Ángela se lavara, recortara y secara el pelo como siempre hace.

Por casualidad, ve que su móvil vibra y le avisa de un mensaje que acaba de recibir. Mira la pantalla y ve que es Dre tratando de obtener una actualización del E.T.A. de Mauricio. Responde con un mensaje de texto y termina su proceso de embellecimiento.

Antes de que Mauricio salga de la calzada, intenta llamar al número de Linda por primera vez desde que lo consiguió. Quiere intentar enterrar el hacha de guerra y conocerse mejor. Por desgracia, le salta el buzón de voz. Mauricio se aclara la garganta, deja un breve mensaje y sale de la calzada camino a la fiesta.

Los éxitos de salsa de Frankie Ruiz suenan en los altavoces de la casa de Linda y Stacia mientras siguen preparándose para el trabajo. Cuando empieza su canción favorita, "Bailando", ambas salen de sus habitaciones en brassiere y panties y se abrazan en el baile de la seducción. Perdidos en la canción, se balancean de un lado a otro como si no les importara nada. Casi al final de la canción y sin perder el ritmo, Stacia hace girar a Linda en dirección a su habitación y se dirige a terminar de vestirse.

De camino al club, Linda y Stacia se vuelvan en bochinche, cambiando de tema con tanta rapidez que a cualquiera le daría vueltas la cabeza. Finalmente, Stacia saca el tema de Mauricio. "Qué vas a hacer con tu príncipe?" "No lo sé todavía." Responde Linda. "Aún no lo he decidido." Sigue Linda. "Parece realmente interesado en ti." Responde Stacia. "pero si no lo haces..." Sigues Stacia. "Puede que lo haga!" Interrumpe Linda. " yo quiero dale juego, pero ya conoces mi pasado. Es que no quiero que me vuelvan a herime." Sigues Linda. "Bueno mami, siento decirlo pero el amor a veces duele." Le consuela Stacia. "No puedes encerrar la chocha para siempre, tienes que dejarla respirar, tener un poco de atención." Continúa Stacia. "Cállate estúpida." Responde Linda ríendose.

Entran en el aparcamiento y se dan cuenta de que ya está lleno. Por el aspecto de los coches que hay, ya saben que va a ser una buena noche. BMWs, Benzes, incluso un-Lamborghini son sólo algunos de los coches que hay. Así que aparcan y se dirigen al interior para prepararse para el espectáculo.

La banda empieza a prepararse cuando Mauricio entra en el club junto con algunos de los que han llegado temprano. Dre ve a Mauricio en la barra y se detiene para sentarse con el. "Que lo que ahi primo?" Pregunta Mauricio. Vaya prima, solo te faltas maquillaje para ese vestido tan lujoso." comenta Dre reiendose. "De todos modos está ensendida primo." Sigue Dre. "Sí, ya sabes que tengo que lucir bien para la fiesta de mi primo." Responde Mauricio riendose. "Oye, ¿dijiste que querías hablar conmigo?" Pregunta Dre. "Tengo que ir para VA el sábado pra El Chico."Responde mauricio. "Un trabajo?" Pregunta Dre. "Sí." Responde Mauricio. "No te van a dejar vivir, te dije, puñeta!" Contesta Dre golpeando la barra con el puño y asustando a los demás clientes. "Tranquillo primo, no hay necesidad de eso ahora. Voy a hacer esto y terminar con los huele bichos eso." Responde Mauricio. "No va a ser tan fácil." Responde Dre. "Pero que se jodas cuando nos vamos". Continúa Dre. "Qué? No primo, sólo te lo he dicho para que me aguantes la frontera." Interviene Mauricio. "pai." Pesponde Dre mirando a Mauricio a los ojos con cara seria. "Crees que te voy a dejar ir solo? Somos familia. Sigue Dre. De todo corazón primo..." Dice un humilde Mauricio. "Dale primo, deja el lloramiento ya." Bromea Dre. "Disfrutemos de esta fiesta y preocupémonos de eso después." Sigue Dre. "Dale, vamos a rockear este lugar al estilo Dark City!" Dice Mauricio levantando su copa.

A medida que los invitados empiezan a llenar el club, la banda empieza a hacer la prueba de sonido y los calentamientos. Justo en ese momento, todo el equipo de Elegante entra en escena liderado nada menos que por Ángela. Al examinar la cuarto, Angela ve que la banda aún no ha comenzado. Con alivio en los ojos, sigue observando el resto del cuarto y ve a Mauricio en la barra. Rápidamente se dirige a Mauricio.

"vaya mami, no pensaba que fueras a venir." Bromea Mauricio. Ángela rápidamente le lanza una mirada maliciosa. "Iba a comentar tu traje de culo afilado." Responde Angila. "Pero te lo acabas de cargar." Sigue Angela. "Sabes que no me lo perdería el show por nada del mundo." Comenta Angela. "Mi bebé va a estar ensendido. Este lugar es muy bonito." Comenta Ángela como si dar aliento. "Vaya, el lugar ya está bastante lleno." Sigue Angela. "Sí, me he enterado de que el dueño ha dejado entrar a algunos de sus clientes habituales para hecharse un peso." Responde Mauricio en tono molesto. "Pensó que no me daría cuenta." Sigue Amuricio. "Maldita sea, eso está jodido." Responde Ángela. "Quieres que hable con él." Continúa Ángela. "Mírate, mi propia sicaria personal." Responde Mauricio riéndose. "Ma, ya consulté al dueño sobre mi parte de sus ganancias, pero sabes qué? La verdad es que no me molestan los invitados extra." Continúa Mauricio. "Más publicidad para la banda, mejor es. Como resultado, Dark City llegará a las gente más rápido. Oye, es barra libre." Continúa Mauricio. "Coge una copa y coge un buen sitio, el espectáculo está a punto de empezar." Dice Mauricio a Angela. "Sí, tienes razón, tengo que ir a ver a mi papi." Responde Ángela.

A estas alturas, el club está ensendido, las bebidas vuelan de la barra y todo tipo de humo llena el aire. El dueño del club sube al escenario principal y toca el micrófono. "Hola, me oyen todos?" Dice el dueño del club. Una explosión de síes responde. "Quiero daros la bienvenida a Elegante y agradeceros que hayáis asistido a la fiesta de inauguración." El público estalla en gritos y pitos. "Así que, sin más preámbulos, me gustaría presentarles un regalo especial para su placer auditivo. Esta banda proviene de Staten Island, pero actualmente son los nuevos propietarios de los Estudios Hell. Por favor, ayúdenme a dar la bienvenida a DARK CITY."

El público estalla en vítores cuando Dre comienza a tocar un metódico y siniestro solo de guitarra, que provoca escalofríos en el cuerpo de todos los presentes. Una vez que Dre los tiene en su pequeño trance, la banda entra con el lanzamiento sin previo aviso. La multitud se vuelve loca, las cabezas se mueven, los mosh pits, y toda la mierda se vuelve loca.

Cuando la primera canción llega a su fin, el público está sediento de más. Gritan para que la banda continúe. "MÁS, MÁS, MÁS", como zombis que prueban por primera vez la sangre. Dre hace callar a la multitud para hacer un anuncio: "Por el sonido, puedo ver que todos están sintiendo nuestro sonido." El público estalla de nuevo en vítores sedientos de sangre. "Quiero presentar al hombre que hizo todo esto posible, mi primo Mauricio. Levántate, primo. Ven y di algo." Sigue Dre.

Mauricio deja su bebida y se dirige al escenario. "Quiero darle las gracias a todos por apoyar nuestro movimiento. Espero que puedemos acer de todos en aqui un City Stalker." Grita Mauricio por el micrófono. "Esta banda es especial por su talento, no por mi influencia. Su creación ha sido un largo tiempo de espera". "con eso dicho, están preparados para más carnicería lingüística?" Grita Mauricio en el micrófono de nuevo. Unos gritos ensordecedores atraviesan los oídos de Mauricio. "¡AQUÍ VIENE!

Sin dudarlo, Dark City comienza su siguiente canción, y los bailarines también comienzan a salir por la parte de atrás. Entre ellos está Linda. Se dirige directamente a la barra para echar la vista por el cuarto. El humo en la sala es espeso, la banda es ensordecedora y apenas hay espacio para caminar.

Linda mira a su alrededor y se da cuenta de que hay una multitud de género mixto y piensa para sí misma: "Esta va a ser una noche interesante". Ve a un par de habituales, pero la mayoría de las caras son nuevas en el club. Entonces ve a Ángela sentada en primera fila al ritmo de la banda. "coño, qué hace ella aquí?"

Comienza a alejarse de la barra sin prestar atención y casi choca con Mauricio.

Si Linda no llevara la máscara puesta, Mauricio vería cómo se le va todo el color de la cara mientras le mira con horror. En ese momento, un solo pensamiento cruzó su mente: "se acabo el juego." Justo en ese momento Mauricio habla: "Oye chula, quieres saber una locura? Hoy me encontré con una mujer de la misma manera. Es curioso cómo funciona el karma, pero no estoy enojado." Continúa Mauricio. "La única mujer que he estado esperando conocer toda la noche, qué irónica es eso." Sigue Mauricio. "Por qué querrías verme?" Preguntó Linda mientras intentaba disimular su voz con un profundo acento criollo francés. "Vaya, me acabas de robar el corazón con tu acento." Responde Mauricio. "Es criollo, correcto? Ya estoy enamorado de ti." Explica Mauricio con su voz sexy. "Puedo preguntar tu nombre?" Sigue Mauricio.

"Es lo que tú quieras que sea papi." Linda responde con nerviosismo en su voz. "Vale, ya veo a dónde va esto, no soy ajeno a jugar al juego difícil. Lo que realmente me hizo desear conocerte fueron esos ojos. Siento que nos hemos conocido antes." Comenta Mauricio.

El corazón de Linda se hundió. "Me han pillado, ahora va a pensar que soy una puta." Piensa Linda mientras su corazón se rompe dentro de su pecho. "Por favor mami, dame una pequeña pista." Dice Mauricio. Justo en ese momento, cae en la cuenta: "La máscara! Realmente no me reconoce." De repente, una sonrisa diabólica aparece en su cara: "Me voy a divertir." Piensa Linda mostrando una sonrisa diabólica. "Lo siento." Responde Linda. "No me meto con los clientes." "Bueno, todavía no soy un cliente." Responde Mauricio. "No hemos hecho nada. Además, soy yo quien organiza esta fiesta, así que todavía trabajas para mí durante un par de horas. Sólo quiero conocer mejor a mis empleados."

Mauricio muestra su sonrisa sexy al terminar su declaración, haciendo que ella se sonroje. "Mi nombre es Romina." Linda le dice y al instante se le revuelve el estómago antes de terminar su declaración. Ha comenzado su red de engaños y ya sabe que no va a terminar bien.

Al igual que la caída de un hombre, su orgullo no le permite sincerarse y tiene que seguir hasta el final. "Mami ese es un nombre hermoso." Responde Mauricio. "Soy Mauricio, es un placer conocerte." Dice Mauricio besando su mano mientras lo dice. "Puedo preguntar...?" es todo lo que logra decir antes de que Linda interrumpa. "Lo siento, pero tengo que ir a trabajar." Ella se aleja de los ojos acariciadores y la sonrisa seductora de Mauricio y se pierde entre la multitud. "Nos vemos luego!" le grita Mauricio. "Definitivamente te veré más tarde." Ahora susurra para sí mismo. Durante la mayor parte de la noche, juegan a perseguirse con la mirada.

A estas alturas, la banda está lista para un breve intermedio. El DJ interviene para mantener la fiesta en vivo y presenta a Stacia en el escenario principal. Sale lentamente mientras empieza a sonar "Your side of the bed" de Trey Songz. El DJ atenúa la luz alrededor del escenario y pone un foco en Stacia. Comienza a girar las caderas al ritmo de la canción, de forma lenta y seductora, y atrae la atención de todos. Mientras continúa su actuación, las otras bailarinas instan a los clientes a unirse a ellas en el cielo, una sala de baile privada en la parte trasera del club.

Todavía sentado en la barra viendo a Romina y a todos los demás pasar un buen rato, Mauricio ve a Dre dirigiéndose hacia él. Mauricio pide una copa para él mientras Dre se sienta. "Dale primo, ese fue un set enfermo, no crees? Grita Dre emocionado. "Sin duda, pero deberías haber visto a la multitud aquí abajo, en mi nivel, como los fanáticos de la droga, hermano." Responde Mauricio. "Vamos a arrasar con el planeta!" Vuelve a gritar Dre.

Los dos hombres entablan más conversación mientras beben sus tragos, y Mauricio es capaz de deslizar su encuentro con Romina. "Qué pasa con Linda?" Pregunta Dre. "Vas a botarla pai?" Pregunta Dre. "Ella me sigue escondiendo." Responde Mauricio. "Que se joda, sige para adelante." Responde Dre. "Yo, tengo que empezar mi próximo set. Checkiamo ." Dice Dre mientras se levantas y camina al ensenario.

A estas alturas, la noche se está convirtiendo en día y el club se está vaciando. Mauricio sigue sentado en el mismo lugar de la barra con los ojos clavados en Romina. Linda ya ha bebido un poco y está muy excitada. Se empeña en no perder de vista a Mauricio, pues se siente excitada por su mirada.

A estas alturas, la banda ya ha recogido todo y está lista para salir, y la mayoría de los bailarines se han ido a casa. Mauricio se acuerda de un asunto que tiene que tratar con el dueño. Se toma su bebida, echa otra mirada a Romina y se dirige al despacho del dueño. Llama a la puerta y oye "Entra" desde el otro lado de la puerta. El dueño está sentado detrás de su escritorio. "Hola Mauricio, esa banda tuya era caliente. Cuando quieran tocar en mi club, son bienvenidos, he hecho un buen cambio esta..."

Antes de que pudiera dejar de hablar, ya se había metido en un agujero, pero trató de hacerse el interesante: "A todoas modas, qué puedo hacer por ti papi?" Pregunta el dueño de el club con sudor al frente. "Ya sabes por qué estoy aquí. Quiero mi parte." Esponde Mauricio. "Oh, sí, eso es. Lo tengo aquí mismo." Responde nervioso el dueño.

El dueño le entrega a Mauricio un sobre lleno de dinero, pero una vez que lo coge, ya se da cuenta de que tiene poco peso sin ni siquiera mirar dentro. "Parece un poco ligero papi, pensé que habías pasado una buena noche. Mira papi, estás tratando de jugar conmigo!" Grita Mauricio. "Eso es ha..." Antes de que el dueño pueda terminar su declaración, Mauricio se abalanza sobre el escritorio, agarra al dueño por el cuello y lo levanta de la silla. "Espera, papi, no me hagas daño." ruega el dueño que apenas puede respirar. "Tengo el dinero aquí." Sigue El dueño.

Volviendo a la realidad, Mauricio deja que el propietario vea el miedo en sus ojos. Sin coger el resto del dinero, Mauricio sale corriendo de la oficina sin poder creer lo que acaba de suceder. "coño!" Piensas Mauricio para sí mismo mientras atraviesa el club en dirección al aparcamiento. "¡Coño, casi lo mato a ese tío!" Se dice Mauricio. "Pensé que me había librado de él. Severio está muerto. No puedo dejar que se apodere de nuevo; acabo de recuperar mi vida!" Continúa Mauricio con el miedo asomando en su voz.

Ahora en su coche, al borde de la hiperventilación. Mauricio se sienta durante un minuto para calmarse. El corazón bombea por su pecho, la adrenalina fluye por sus venas, es casi como la primera vez que mató a un hombre.

Pasa un tiempo y empieza a calmarse, pero un golpe en la ventana le hace salir de su trance. "Primo, estás bien?" Pregunta Dre a través de la ventana. "Te estaba llamando pero saliste corriendo del club como si alguien te persiguiera." Sigue Dre. Mauricio baja la ventanilla: "Lo siento pai, no te escuche. Qué lo que ahi?" Responde Mauricio. "Vamos a Tommy's a celebrar. La mayor parte de tu equipo de Elegante ya está allí, nos están esperando." Continúa Dre. "Perdóname Pai, pero..." Mauricio intenta responder. "No aceptamos un 'no' como respuesta". Ángela interviene. "Nos vemos en diez." Continúa Ángela. Dre mira a Mauricio y se encoge de hombros. "Supongo que nos veremos allí." Dice Dre.

Dre se da la vuelta y agarra a Angela por las caderas, alejándose juntos como si fueran una sola persona. A estas alturas, su corazón y su adrenalina han vuelto a la normalidad. No quiere estar en público por si tiene otra recaída, pero no tiene otra opción. Sin embargo, con reticencia se dirige a casa de Tommy.

CAPITULO 9:

Desarrollos progresivos (la trama se complica)

De camino al restaurante, Mauricio se recompone y trata de disipar todos los pensamientos de su alter ego Severio. Llega a la conclusión de que el regreso de su lado demoníaco fue la causa de Chico y el trabajo que se ve obligado a hacer: "tengo que hacer este trabajo y rápido antes de que Severio haga cargo de nuevo." Mauricio piensa para sí mismo mientras entra en el aparcamiento de Tommy.

"Maldita sea, se me olvidó que todos estarían aquí, cabron!" Dice Mauricio. "A ver si..." marca el número de Linda para ver si está libre o incluso contesta. No hay suerte, salta el mensaje de voz, como todas las otras veces. *"Maldita sea, tengo que ir solo. Que se joda."*

Cuando Mauricio entra en el umbral de la puerta del restaurante, todos los que están dentro estallan en un sonoro "¡SORPRESA!" que lo sobresalta una vez más. A medida que la adrenalina empieza a correr de nuevo por sus venas, más y más recuerdos de Severio salen a la superficie. "¡Felicidades!" Grita Dre desde detrás de la multitud de gente. "Pensamos que te mereces una pequeña celebración por todo tu trabajo duro." Continúa Dre. "Vaya, gracias." Responde Mauricio sorprendido. "No sé qué decir. Esto debería ser para todos vosotros. Si no fuera por vosotros, no tendríamos tanto éxito." Continúa Mauricio. "Primo, tu motivación y determinación nos inspira y nos da ese impulso para seguir adelante. Estamos muy agradecidos por tu lealtad." Responde Dre. "No se que decir." Responde Mauricio emocionándose un poco. "Sinceramente, me alegro de teneros a todos en mi vida. Me siento agradecido y humilde por tener amigos y familia como vosotros." Continúa Mauricio. Todos se abrazan y se dirigen a sus mesas para comenzar la fiesta.

Disfrutando del ambiente, todo el mundo se divierte y pasa el rato juntos. Una vez que todos están llenos, comienzan a disminuir poco a poco. Pronto Angela, Dre y Mauricio son los únicos que quedan en el restaurante. De repente, Dre se acuerda de Romina y le pregunta a Mauricio por ella. "vaya primo, qué pasó con esa heva Romina?" "coñoi, ella también se hace la difícil, no sé qué les pasa a las mujeres hoy en día." Responde Mauricio. Pero tengo un plan." Sigue Mauricio con una sonrisa de oreja a oreja. "Has conocido a una chica esta noche?" Pregunta Ángela añadiéndose a la conversación. "Sí, una de las bailarinas. He sentido una conexión con ella que nunca había sentido antes." Responde Mauricio. "Cómo se llama?" Pregunta Angela. "Romina." Responde Mauricio.

Ángela hace todo lo posible para no gritar de incredulidad mientras Dre y Mauricio continúan la conversación. "Esa puta está jugando!" Piensa Angela maniáticamente. "se está equivocando." Ángela se sienta en la mesa ajena a la conversación; en su lugar, traza un plan en su cabeza para enfrentarse a esta jezebel.

Volviendo a la realidad, Angela pregunta: "Y Linda?" "Ella también esta juegando." Responde Mauricio. "Por eso dije 'no sé qué pasa con las mujeres hoy en día'. Además, creo que la cagué cuando la atropelle ayer por la mañana." Pero cuando miré a Romina a los ojos, sentí que ya la conocía." Explica Mauricio.

"Puta desgraciada!" Piensa Ángela tratando de ocultar el calor que crece en su interior. "Espero que tenga todos sus asuntos en orden porque lo mato!" Sigue pensando Angela. "Mami, qué te pasa con la cara?" Pregunta Dre. "Te estás poniendo roja." Sigue Adre. "Oh, um, es que hace calor aquí." Responde Angela. "Cálmate!" *Se* dice a sí misma, abanicándose la cara para intentar calmar la rabia que crece en su interior.

Ya es la hora de cerrar el restaurante y el camarero se acerca a su mesa para informarles. Deja la cuenta y se marcha de nuevo. Mauricio intenta coger la cuenta pero es demasiado lento. "Cabron, no hay que pagar siempre!" Exhorta Dre. "Me lo imaginaba..." Responde Mauricio "Dale cabron, esta vez te tratamos." Dice Dre. "Pues entonces, acompaño a tu prometida afuera." Responde Mauricio. "Sí hazlo, pero no te hagas el gracioso." Relaja Dre. Ambos lo miran con extrañeza, mientras salen del restaurante.

De camino a su coche, Ángela aprovecha la ocasión para pedirle a Mauricio más información sobre su misteriosa mujer: "Romina te dijo algo sobre ella? No, dijo que trata de no entrar en lo personal o, como ella misma dijo: "Personal wit' clients." Tiene un hermoso acento criollo francés." Responde Mauricio illusionado. "Maldita sea, esa perra etsta jugando con mi primo!" Piensa Angila para sí misma. "Que bien." Responde Angela tratando de mantener su rabia en la botella. "Vas a tirar labia a ver si gana?" Pregunta Angela. "Vale la pena intentarlo, no?" Responde Mauricio. "Digo, Linda no parece querer contestar ni si quiera telephono. La he llamado varias veces esta noche, pero no me ha contestado." Continúa Muaricio. "No hay lugar para poner un teléfono en un tanga!" Dice Angela enfadada en voz baja. "Qué dices?" Pregunta Mauricio "Na, nada. Mira, ahí viene Dre." Ángela se acerca a Dre y lo utiliza como excusa para interrumpir la conversación.

"Oye mamá, estás bien para conducir sola a casa?" Pregunta Dre mientras la abraza. "Tengo que hablar con Mauricio." Con un aspecto un poco molesto sólo para cubrir su alegría, ella acepta en su mejor tono de enfado. "Esto es perfecto." Piensa Angela.. "Ahora puedo hacer un reconocimiento de esta perra y no tengo que mentirle a Dre." Esquematiza Ángela mientras se mete en su coche. "Te veré en casa." Responde Angela con la vox de triste. "Oh, y puede que me pase por la tienda para coger un helado." "No hay que arriesgarse." Piensa para sí misma. "Estas bien chula." Responde Dre. "Nos vemos en un rato." Dre le da un beso y cierra la puerta del coche.

De pie en el aparcamiento, solos, mientras se acerca la luz del día, los dos primos deciden dirigirse a la casa de Mauricio para planificar la misión que les espera.

CAPITULO 10

Imágenes nirvánicas (Dandose al lujuria)

De vuelta a "Placer", Linda y Stacia se dirigen finalmente a la salida después de cambiarse y pagar al propietario su parte por la noche. Caminando juntas hacia el coche, Stacia no deja de hablar. "Maldita sea, chica, esta noche ha sido una buena noche. Los ricos estaban demasiado, y tengo mi mitad del la renta y muchos más. Qué te pareció la banda en vivo?" Continúa Stacia. "estaban prendido, y el cantante principal me hizo la chocha mojarse." Dice Stacia tocandose entre medio de las piernas. ¿Y qué te pareció... Chica, me estás escuchando?" habla Stacia. Saliendo Linda de su trance: "Oh, lo siento, Mami, qué estabas diciendo?" "Bueno, cómo se llama y qué hico para que te quedara boba así?" Predunta Stacia. "Na, no es..." Trata De Explicar Linda. "Mentira!" Interrumpe Stacia. "No me mientas, conozco las señales. Así que las próximas palabras que salgan de tu boca deben ser su nombre y cómo demonios te ha hecho salir así".

Con un suspiro de arrepentimiento en su voz, Linda relata los acontecimientos de la noche con todo detalle. Empieza por toparse con Mauricio, por hacer de señora extraña y por ver sus ojos lujuriosos toda la noche. "Maldita sea Chica, estás en un triángulo amoroso de la vida real, y lo más gracioso es que tu eres las dos chicas. Por qué no le dices quién eres, no sería mucho más fácil?" Stacia continúa. "Digo, pensé que te gustaba?" Pregunta Stacia. "Sí, me gusta, pero sé que una vez que sepa lo que hago me va a hechar para el lado." Linda le explica a Stacia. "Chiquita, estás jugando con fuego. Espero que sepas lo que haces. Pero en otra nota." Contiunúa Stacia. "Digame, cómo se veía esta noche; Caliente si o no?" Pregunta Stacia. "Chica ni siquiera sabes." Responde Linda con lujuria en su voz. "Su cola de caballo estaba peinada hacia atrás de forma perfecta, y llevaba un traje de lino blanco que le quedaba bien. Mmmmm, sólo de pensarlo me das escalofrio: Ai Dios Mio! Además su físico, coño, me están saliendo demonios de lujuria sólo de hablar de ello!" Dice Linda. "Bueno chica, espero que no la cagues. Buena suerte." Responde Stacia.

Al llegar a su apartamento, Stacia sale con sus maletas y se dirige a la casa. Linda, por su parte, se toma su tiempo, aún perturbada por su engaño. Sin embargo antes de que pueda entrar en la casa, Stacia pasa por delante de ella saludando: "He llamado a Rico. Estoy a punto de relajarme allí y aliviar el estrés. Adios chica." Sin esperar respuesta, Stacia se abre paso a través de la hierba que separa su apartamento del de Rico.

Todavía reviviendo los momentos de su engaño, Linda cierra la puerta tras de ella, deja las maletas en el vestíbulo y se deja caer en el La-Z-Boy. "Por qué, chica, por qué has tenido que mentirle?"Se pregunta en voz alta. "Por qué tienes que ser tan fino Mauricio? Qué ahi contigo papi?" Ella sigue tratando de racionalizar su situación, pero lo que se le sigue escapando es el hecho de que el verdadero amor no es racional.

Decidiendo dejar de intentar racionalizar, Linda empieza a fantasear con el cuerpo caliente de Mauricio. "como se vez desnudo?" Es el único pensamiento que tiene en su mente y que la pone mojado y cachonda. "Se dice a sí misma mientras corre hacia su habitación, desvistiéndose por el camino.

Cuando Linda llega a su habitación, lo único que lleva puesto es un par de panties de seda de encaje color lavanda. Abre la puerta de golpe, tira la ropa en la cama y se dirige a la mesita de noche. Abre el cajón y coge su vibrador y su gelatina KY, y se retira al sofá Lay-Z-Boy de la sala.

Mientras sigue fantaseando con el cuerpo desnudo de Mauricio, la lujuria de Linda es cada vez más fuerte. Vuelve a sentarse en la silla y deja el vibrador y el lubricante sobre la mesa auxiliar, mientras empieza a excitar su cuerpo. Comienza por sus pechos, chupando sus pezones hasta que se ponen duro como la madera.

Uno a uno, Linda se burla de sus pechos mientras baja una mano por su cuerpo. Cada vez más abajo, mueve su mano hasta llegar al borde de sus panties. Pasa los dedos y se dirige a su clítoris. Desliza el dedo corazón dentro de su humedad. Incapaz de controlar su demonio de la lujuria, se deshace rápidamente de las panties y abre las piernas sobre los reposabrazos, dejando al descubierto un par de labios de color rosa brillante que rezuman su pegajoso precum.

Llevando su mano libre de nuevo a su chocha, Linda le da unas ligeras palmaditas antes de comenzar un suave movimiento circular. Después de un par de vueltas, toma dos de sus dedos y abre sus labios pegajosos exponiendo más su clítoris. Suelta un suave gemido mientras arquea la espalda, cierra los ojos y se entrega de lleno a la fantasía.

Transportándose a otro reino, Linda frota su dedo hacia arriba y hacia abajo, haciendo que su clítoris se humedezca con cada ascenso. Sin poder contener su lujuria, coge el vibrador de la mesa y se lo mete en la boca. Después de varios lametones, escupitajos y uno o dos trotes profundos, su deseo de chupar se ha saciado. Desliza lentamente el vibrador por su cuerpo y se detiene en sus pechos para una rápida follada de tetas. Escupe entre ellos y desliza el duro miembro de plástico hacia arriba y hacia abajo mierntras chupa la cabeza.

De nuevo en movimiento, Linda traza un camino desde su escote hasta su clítoris con su vibrador mientras gotea saliva por toda el cuelpo. Las llamas de la lujuria recorren su cuerpo mientras el jugo de su chocha empieza a rezumar por todas partes.

Una vez terminados los juegos preliminares, Linda se mete el vibrador hasta la empuñadura en su chocha rezumante, lo que la lleva instantáneamente a un éxtasis orgánico. "Ohh sí, umm, shi, ooh, justo ahí!" gime mientras manipula su herramienta, dándose el máximo placer.

Sintiéndose muy rara, Linda se levanta con el vibrador todavía dentro de ella, se da la vuelta, se pone de cara a la silla y se coloca en la posición de perrito. Una vez que está segura y cómoda, mete la mano entre las piernas, coge el vibrador y empieza a bombearlo dentro y fuera de su pegaduro.

Después de varios bombeos lentos, Linda acelera y maniobra para poder poner el vibrador a toda velocidad. Poco después, siente que su jugo se filtra alrededor del vibrador, manteniendo su acción de bombeo bien lubricada.

Cambiando de marcha de nuevo, su lujuria aumenta aún más. Linda bombea el vibrador cada vez con más fuerza en su chocha, intentando arañar una picazón con él. Se separa el culo con la mano libre para poder coger cada centímetro del vibrador. "damelo papi, sí." Gime Linda pensando en Mauricio. "No pares, sí, oh sí, justo ahí, ooooh estoy vieniendomeeeeeeee."

"Oye Mami, estoy de vuelta!" Grita Stacia mientras irrumpe en la puerta principal.

Totalmente entregada, Linda explota su leche sobre sí misma y se desploma sobre su estómago por la debilidad de sus rodillas. "Qué demonios!" Jadea una sorprendida Stacia. "Deberías haber venido conmigo a ver a Rico. Podrías tener una bicho de verdad en lugar de esa mierda de plástico." Bromea Stacia. "Dejame quieta puta." Responde Linda sin aliento. Intenta serenarse, sintiéndose aliviada y un poco avergonzada al mismo tiempo. "Vas a limpiar eso, verdad?" Bromea Stacia. Las dos se ríen.

CAPITULO 11:

Adquisiciones gravosas (recoger el paquete)

Una vez que se aleja del restaurante, Mauricio hace la llamada. "Mira, voy para alla Dice Mauricio a través del receptor. "Estás bien." Responde Chico. "Te acuerdas a dónde venir?" Continúa Chico. "Sí, me acuerdo." Dice Mauricio mientras cuelga bruscamente para evitar una larga conversación con Chico.

De camino al punto, Mauricio pone a Dre al corriente de los detalles de su misión. "Maldito sea primo, esta mierda parece una locura." Comenta Dre. "Pensé que ya habia terminado con esta vida." Dre continúa. "Sí, yo también." Responde Mauricio. "Últimamente, desde que Chico me tiro, he sentido que el viejo Severio ha vuelto de entre los muertos." Mauricio revela a Dre. "Eso no es bueno cabron, no dejes que ese animal vuelva a salir de la jaula. Nunca te librarás de él." Responde Dre. "Sí, eso es lo que me temo." Responde Mauricio. "Pero lo necesito para salir adelante." Confesa Mauricio.

Mauricio llega a la Bodega, el punto de Chico. "Diablo, la mierda ha cambiado por aquí." Comenta Mauricio mientras sale del coche. "Chico se ha puesto las pilas." De entre las sombras, aparecen dos tipos enormes con SKs en sus manos. "Tienes negosio aqui?" Dice Uno De los tipos. "Vine a ver a tu jefe Chico." Responde Mauricio. "El me está esperando."

El hombre saca un walkie-talkie del bolsillo y se da la vuelta para dirigirse a Chico en privado, mientras el otro hombre se queda mirando a Mauricio y a Dre. Una vez que el hombre recibe la confirmación, le revisa a Mauricio y a Dre y los dirige al ascensor por la parte de atrás. "Mira esto, que Hi-Tech." bromea Dre. Mauricio suelta una pequeña risa mientras comienzan a caminar.

Cuando doblan la esquina de la tienda, el ascensor ya está esperando. Entran y sin pulsar ningún botón, la puerta se cierra, y el ascensor comienza su descenso. "Chico tiene su propio centro de mando y demás." Comenta Mauricio.

Cuando sienten que el ascensor reduce su velocidad, se preparan para lo que hay al otro lado. Las puertas se abren revelando un largo pasillo con puertas y ventanas. Frente al ascensor les esperan otros dos tipos gigante, esta vez con Uzis. "Así que aquí es donde todos los típos gigante se relajan." Comenta Dre tratando de dar humor a la tensa situación.

Mauricio y Dre son sometidos a otro revisa, un poco más incómodo que el primero. A continuación, los conducen por el pasillo hacia el otro extremo. Acompañados lentamente por el pasillo poco iluminado, pasan por delante de ventanas oscurecidas y puertas que parecen almacenes. Al final del pasillo, un hombre abre una puerta que revela a mujeres completamente desnudas que rellenan pequeños frascos con cocaína. "Maldito sea primo, eso es un chorro de culo." Comenta Dre mientras le da un codazo a su primo en el brazo. "Concéntrate cabron." Responde Mauricio. "Concéntrate!

Pasan por delante de todas las mujeres y entran en otro pasillo exactamente igual al del primer viaje. Siguen caminando por un pasillo poco iluminado hasta que Mauricio divisa una habitación a su izquierda que le hace detenerse en seco. Lo que ven ante ellos es el arsenal más chulo que han visto. Sin mediar palabra, se miran y continúan caminando.

Al final de este pasillo, se detienen ante una puerta que saben que es el despacho de Chico. Pueden oír la voz de Chico a través de la puerta discutiendo con alguien. Uno de los hombres que lleva una Uzi abre la puerta y Mauricio y Dre entran. Chico levanta la vista de su conversación telefónica y les hace señas a Mauricio y Dre para que se sienten. Los dos hombres que llevan la Uzi cierran la puerta y se colocan delante de ella impidiendo la salida de Mauricio y Dre.

"Sientase, sientase." Dice Chico. "Ase tiempo que no me vista." Sigue Chico. "Gracias pero estamos bien." Responde Mauricio. "Solo venimo por una cosa." Continúa Mauricio. "Papi, por qué tanto apuro?" Replica Chico. Te vas a dar un ataque de corazón." Continúa Chico. "Estoy bien." Responde Mauricio con severidad. "Y los bloques?" Pregunta Dre. "Ahi estan." Responde Chico señalando las bolsas detras de Dre. "Aqui estan los detalles de la marka." Continúa Chico. "Te acuerdas de lo que tienes que hacer, verdad?" Sin contestar, Mauricio coge la carpeta del escritorio de Chico y se da la vuelta cogiendo una de las bolsas que hay detrás de Dre abriéndose paso entre los dos hombres que bloquean la puerta.

De vuelta a la calle, Mauricio está furioso. "Voy a matar a ese payaso, lo mato!" Mauricio grita. "Sigue tratando de jugar conmigo como si fuera una nene chiquito. No sabe quién soy, de qué soy capaz." Continúa Mauricio enfurecido. "Calmate primo." Interviene Dre. "Trata de mantenerte concentrado, no dejes que ese mamon te saque de quicio. Le metemos mano después de la misión..." Continúa Dre.

Mientras tanto...

Después de sus actividades extracurriculares, Linda y Stacia se relajan y beben un poco de vino mientras hablan de la fiesta en el club. "Esa fiesta me sacó de quicio." Dice Stacia. O fue el buen polvo que me dio Rico? Sea lo que sea, estoy agotada." Continúa

Stacia hablando a mil por hora. "Sigues pensando en el chulo Mauri... Mejor aún, le llamaré el príncipe porque será el que te sacará de este mundo y hará tu vida mejor." Dice Stacia agitando una varita imaginaria sobre la cabeza de Linda. "Cállate, estúpida. Estás muy loca." Responde Linda riéndose en voz baja. "Lo que tienes que hacer es sincerarte con él". Aconseja Stacia. "¿Cómo sabes que te va a despedir por lo que haces? Y de verdad, si no puede aceptar a mi chica por lo que es, que se joda: no es Dios." Comenta Stacia.

"Chica, no sé ni cómo empezar a explicárselo." Responde Linda con ojos suplicantes. "Peor aún, le di un nombre falso y cambié mi acento. No sé qué voy a hacer." Continúa Linda. Stacia la mira sin comprender. "Tengo curiosidad, qué nombre usaste." "Romina, es criolla." Responde Linda. Stacia sacude la cabeza: "Maldita sea chica, necesitas ayuda psicológica de verdad." Linda acuna su cabeza entre las manos. "Lo sé, pero se pone peor." Continúa Linda. "Peor, como puede ser peor!" Exclama Stacia. "Lleva toda la noche reventando mi teléfono." Confiesa Linda. "Ja, ja, ja!" ríe Stacia. "Sabes qué es lo gracioso de todo esto?." pregunta Stacia retóricamente. Que te esta bloqueando el bicho a ti misma." Continúa Stacia. "Cállate, esta mierda no tiene gracia. Necesito ayuda." Se queja Linda. "Sí, lo sé, pero no tengo el título para ayudarte con lo que tienes..." Responde Stacia.

Después de que Mauricio y Dre se hayan ido...

"Diablo Chico, yo creía que el era tu socio." Pregunta uno de los hombres con Uzi. "Que se joda el puto ese, ese no es mi sosio." Responde Chico. "Yo estado trotando de librarme de la mancha de semen ese por años." Continúa Chico. "Pero el jefe dice que ese cabrón es intocable". Pero hora es mi tiempo para brillar y el tiempo para que el se muera." Dice Chico mirando al espacio. Cuando el llegue a Virginia, los asesinos míos lo van a tocar." Chico se sienta en su silla riendo siniestramente con una sonrisa a juego; mira fijamente al frente soñando despierto con el momento en que se deshaga del dolor de cabeza.

"Mándame a María para que puedo putarla." Exige Chico. Procede a tirar una caja de adorno llena de coca sobre la mesa y hace un par de líneas. Entra María completamente desnuda y se dirige a Chico con una mirada de asco en su rostro. "Tomate unas linias para el dolor." Insiste Chico. "Despues mama me el bicho un poco."

Empeñado en vengarse, Chico no piensa con demasiada claridad. Sólo piensa en ser jefe, y nada ni nadie se interpondrá en su camino. Insatisfecho con la forma en que María le está dando la cabeza, le agarra la cabeza y le mete la bicho hasta el fondo de la boca para que se atragante; Chico da ríe, pensando que es divertido.

CAPITULO 12

Compromiso táctico (comienza la misión)

Cuando el sol rompe el horizonte y entra por la ventana de la habitación de Mauricio, éste ya está levantado, sentado en el borde de la cama. No ha podido dormir en toda la noche debido al abrumador cambio mental que se está produciendo en él. Mauricio comprende ahora que debe aceptar el cambio para completar la misión que tiene ante sí.

Ahora que ha vuelto a su estado de ánimo mugriento, Mauricio sigue preparándose para el viaje que le espera. Se dirige directamente a la cocina después de lavarse los dientes y la cara. De camino a la cocina, huele el bacon y los huevos cocinándose, lo que le asegura que Dre tampoco ha dormido bien. No se intercambian palabras mientras se mueven a su alrededor. El silencio llena la habitación como una lúgubre nube de humo, mientras se preparan para la tarea que tienen por delante.

Tras su silenciosa comida, Mauricio y Dre se dirigen al coche y salen. Intentan seguir todas las rutas rurales posibles y respetar todos los límites de velocidad establecidos.

Bien entrado en Maryland, Mauricio decide parar en el área de descanso de la casa de Maryland para repostar y comer algo. Se sientan a comer un buen pollo frito de Roy Rodgers y Dre rompe el silencio: "Hasta ahora todo bien, ay primo?" "Sí." Responde Mauricio, demasiado concentrado para decir más. "¿Qué te pasa primo? Pareces más distraído que de costumbre." Pregunta Dre. "Tengo mal presentimiento." Responde Mauricio dando vueltas a la comida en el plato. "Chico está tramando algo, lo sé." Sigue Mauricio. "Qué es lo nuevo? Sabes que lo es." Responde Dre. "Sí, pero creo que va a intentar eliminarme y empezar una guerra con Raphael." Responde Mauricio. "Entonces y que, ya no trabajas para él." Responde Dre con severidad. "Cabron, él cuidó a mami y yo desde que llegamos de la isla. Es como un padre para mí." Continúa Mauricio. "Hermano, entiendo tu lealtad, pero qué vas a hacer? Vas a guerrar con Chico? Pregunta Dre con preocupación en su rostro.

"Te acuerdas de esa habitación con el arsenal de grado militar, verdad?." Continúa Dre. "Esa es una mierda del tipo de armas de destrucción masiva." Sigue Dre. "Sé a lo que te refieres primo, pero yo tengo responsabilidades. Yo tengo que hacer esto, tú no." Mauricio le recuerda a Dre. "Primo, recuerdate; yo soy los ojos a tu espalda." Responde Dre tranquilamente. "De corazón primo, mi hermano, tenemos que vilijar todo." Advierte Mauricio. "¡Sí, no te fíes de nada!" Exclama Dre.

De vuelta a la carretera, Dre conduce durante varias horas más. Siguiendo con la conducción segura, llegan a la salida de la Avenida Jefferson después de unas cuantas horas de conducción. Dre se dirige directamente al Quality Inn para instalarse y reagruparse, pero Mauricio le dice a Dre que pase de largo. "Oye, creía que íbamos al hotel?" Pregunta Dre confundido. "Sí, vamos pero tenemos una cola. Nos ha estado siguiendo desde P.A." Responde Mauricio. "Marditya sea, por qué no dices nada!" Exclama Dre. "No quería llamar la atención, pero nos sigue de cerca." Responde Mauricio con calma. "Qué vas a hacer?" Pregunta Dre. "Tratar de perderlo y buscaremos otro hotel para dormir." Responde Mauricio.

De repente, el coche gira. "Espera, ha girado." Dice Mauricio. Igual de repente, ve otro coche que vio en el trayecto desde Filadelfia. "Qué está pasando, estos tipos son policías?" Continúa Mauricio. "Están corriendo intervalos como si fueran policia. No perdamos tiempo tratando de perderlos. Volvamos al hotel para ver quiénes son estos payasos." Continúa Mauricio. "coño, el juego de Tom y Jerry está en vigor." Bromea Dre.

En el hotel, Mauricio salta para registrarse y coge la llave de la habitación. Después de que Dre aparque el coche en un lugar obvio, se une a Mauricio cuando éste entra en la habitación. Mauricio se dirige directamente a la ventana del cuarto de baño, se arrastra hasta el tubo de desagüe y se desliza por él. Apenas toca el suelo, salta y se agacha rápidamente detrás de un coche aparcado. Alcanza a ver los dos coches aparcados uno al lado del otro en la oscuridad, ocultos bajo unos árboles.

Agachándose y esquivando los coches, Mauricio se acerca sin ser visto. "Maldita sea, me siento como un espía cabron." Se dice a sí mismo mientras empieza a tararear el tema de 007.

Sin ser visto, Mauricio confirma lo que ya sospechaba: "Los hombres de Chico, ese Maricon." Se dirige de nuevo a la habitación, todavía al amparo de la oscuridad, para avicar a su primo.

De vuelta a la habitación, Mauricio sale del baño como un ninja. "Sí, son los sicario de Chico." Dice Mauricio antes de sentarse en la cama. "Maldito sea cabron, me asustaste! Exclama Dre. "La próxima vez haz algo de ruido o algo." Sigue Dre. Mauricio se ríe: " disculpame miedoso." Sigue Mauricio todavia ríendose. "Esa mierda no tiene gracia!" Responde Dre. "Entonces, cuál es el plan?" Pregunta Dre cambiando el tema "Tengo que llamar a Roc, él está en Virginia..." Responde Mauricio. "¡A la mierda, no me fío de él!" Interrumpe Dre en voz alta. "Cabron, a estas alturas, no tenemos otra opción." Responde Mauricio tratando de mantener la calma.

"Maldita sea." Suspira Dre en voz baja. "Es tu decisión primo." Dre continúa.

Mauricio coge su teléfono para llamar a Roc y Dre pone los ojos en blanco detrás de él. "Oye, quién es?" Responde Roc al descolgar. "Es yo, maldito judío! Responde Mauricio con una sonrisa en la cara. "Cabron, tanto tiempo sin hablar, qué la que ahi?" Responde Roc riendo. "Oye, estás ocupado ahora, cabron?" Pregunta Mauricio. "No, sólo estoy descansando, qué pasa?" Pregunta Roc. "Necesito un gran favor." Responde Mauricio. "Dale cabron, que se te antojas." Responde Roc sin dudarlo. "Lo que necesites, unas putas, un paseo, lo que sea, te tengo." Continúa Roc. "Na, no es ese tipo de fiesta. Necesito ayuda con un amago de cincuenta y dos." Responde Mauricio. "Espera, dónde estás cabron?" Pregunta Roc con emoción en su voz. "Sí." Es todo lo que dice Mauricio. "Maldita sea, mi amigo está en la ciudad, y me trajo un show." Dice Roc emocionado "Tengo unas niñeras que necesito que me lleven de paseo por unas horas. Crees que puedes encargarte de eso?" Pregunta Mauricio. "Sin duda cabron, esta mierda va a ser como los viejos tiempos. Nos vemos en el Patrick Henry en el Dillard's." Dice Roc mientras cuelga. "Todo hablao." Responde Mauricio. Con eso, Mauricio cuelga y transmite la noticia a Dre. "Mira cabron, él lo vas acer!" Exclama Mauricio. "Recuerda lo que pasó la última vez, cabron." Responde Dre. "Maldita sea, siempre te quedas en el pasado. Sé que no confías en él, pero no tenemos más remedio." Responde Mauricio molesto.

CAPITULO 13

Técnicas de engaño
(el amago de los cincuenta y dos)

A la mañana siguiente, muy temprano, Mauricio llama a Roc y le dice qué tipo de ropa debe llevar y que Dre y él están en marcha. Listo, Mauricio y Dre se suben al coche y salen. Para despistar a los sicario de Chico, Mauricio baja todas las ventanillas del coche y pone un poco de reggaeton mientras toma la ruta panorámica hacia el centro comercial.

Periódicamente, los dos coches que siguen a Mauricio y Dre cambian de dirección pensando que no los ven, pero Mauricio ve cada cambio. Sigue conduciendo como si estuvieran de vacaciones. A estas alturas, Mauricio se da cuenta de que los sicario de Chico se han calentado, y como se imaginaba, se desvían de su rotación de intervalos y siguen a Mauricio a la vez. "Está ensendido primo!" Dice Mauricio golpeando a Dre en el brazo con entusiasmo. "Los dos están detrás de nosotros. Vamos al centro comercial." Responde Dre.

Ya allí y vestido para la fiesta, Roc espera pacientemente bajo su coche. Mauricio se detiene junto al coche que Roc le ha descrito. "Ese tiene que ser su coche." Dice Dre. "Mira esa bandera judía, sólo Roc sería tan extravagante." Continúa Dre poniendo los ojos en blanco. Al salir del coche, Mauricio ve a Roc debajo del coche listo para la acción.

Tranquilamente, como si no le importara nada, Mauricio sube las ventanillas y ambos salen del coche. Mauricio señala a su izquierda hablando con Dre como si estuvieran haciendo turismo. De repente, Mauricio se agacha delante de donde se esconde Roc; Roc sale de debajo del coche, se levanta y se dirige hacia el centro comercial con Dre.

"Coño, si no te conociera, habría pensado que eras Mauricio." Comenta Dre. "Cabron, tienes que perfeccionar el oficio!" Exclama Roc. "Sí, tienes el oficio a punto, cabron." Responde Dre poniendo los ojos en blanco de nuevo. Mauricio se queda escondido bajo el coche de Roc hasta que ve que los sicario siguen a Roc y Dre hacia el centro comercial.

De repente, Mauricio oye un portazo de un coche, luego otro justo detrás, y entonces ve pasar cuatro pies arrastrando los pies, seguidos de otros cuatro. Una vez que no hay moros en la costa, sale de debajo del coche de Roc y descarga su coche, cargándolo todo en el de Roc.

Mauricio se va a cumplir su misión mientras Roc y Dre mantienen su compañía ocupada. Lo primero que hace es descargar las llaves, para no correr el riesgo de que lo detengan con ellas.

Al llegar al punto, habla con el vigilante. Hace que el vigilante anuncie su presencia. El hombre coge su walkie-talkie y confirma la entrega. El hombre le indica la dirección del lugar de entrega. Cuando Mauricio se detiene, otro hombre se acerca y le quita la bolsa a Mauricio. El hombre inspecciona el contenido, hace una señal con la cabeza a Mauricio y se dirige a la casa de la que salió.

"Uno menos, uno más." Piensa Mauricio dirigiéndose a su próximo trabajo. A varias manzanas de su próximo trabajo, Mauricio se detiene y deja el coche para recorrer el resto del camino. Camina por la calle y se cruza con niños pequeños que juegan y con personas que se dedican a sus asuntos sin sentir curiosidad por saber por qué hay un extraño en su barrio.

Mauricio divisa la casa y rápidamente localiza su punto de entrada. "Es aquí." Piensa Mauricio. "punto de no retorno." Sin dudarlo, Mauricio se dirige directamente a la ventana abierta del baño, sacando su pistola mientras camina. Se agacha bajo la ventana, mira a su alrededor y luego se mete dentro, con la pistola por delante.

Con el sigilo de un ninja, Mauricio sube y se agacha detrás de la puerta mientras escucha el ruido. La casa parece estar en silencio, demasiado silenciosa. Así que, con extrema vacilación, sale al pasillo, vigilando cada uno de sus movimientos. Comienza a revisar cada habitación una por una hasta que encuentra a su objetivo profundamente dormido junto a dos mujeres.

Al mismo tiempo, Dre y Roc se divierten confundiendo a los sicario de Chico y viendo cómo se frustran cada vez más. Después de la excursión al centro comercial, llevan a los frustrados sicario por la autopista en dirección al norte. Finalmente, uno de los sicario se cansa y llama a Chico. "Qué está pasando?" Pregunta Chico. "No tan asiendo el trabajo." Dice el sicario. "Se van de la zona." "Que asen!" Pregunta un Chico furioso "Están paseando." Responde el sicario. "Mardito payasos, sige lo y descubre lo que tan asiendo." Dice Chico gritando en el receptor.

Rápidamente, Chico marca el número de Mauricio, pero sólo obtiene el buzón de voz. "Mira Mama bicho, quien tu cres que te eres?" Grita Chico al teléfono. Estás jugando con fuego. No me cruces; yo no soy para juegos." Continúa Chico. Deja el vacilamiento." Dice Chico y luego cuelga. En su furia, Chico lanza el teléfono al otro lado de la habitación.

Mientras esto sucede, Mauricio está a punto de empujar la puerta del dormitorio donde duerme el objetivo. Abre la puerta sin hacer ruido y se queda varios segundos sopesando su opción;

toma una decisión, se acerca a la cama y apunta al objetivo. *Pop, pop, pop.* Dos disparos dan en el pecho y uno en la cabeza. Rápidamente, Mauricio escapa por donde entró. Decide que las dos mujeres no necesitan morir.

Cuando empieza a salir por la ventana, Mauricio oye los gritos de una de las mujeres. No lo duda, salta al suelo y vuelve a caminar en dirección a su coche.

De vuelta a su coche, Mauricio comprueba su teléfono y se da cuenta de que tiene un mensaje. Escucha el mensaje y se ríe al oír la voz de Chico despotricando y lanzando amenazas superficiales. Para Mauricio, esas amenazas no tienen ningún peso, así que llama a Dre.

"Primo, salimos." Dice Mauricio tan pronto como Dre recoge. "Oye, eso fue rápido." Responde Dre. "Es Mauricio?" Pregunta Roc. "Eso fue rápido cabron." Continúa Roc. "Y ahora qué vamos a hacer con estos pallasos detrás de nosotros?" Pregunta Roc. "Mira, dile que nos vamos a deshacer de ellas también." Responde Mauricio. "Encuéntrame en Newport News Park, en el lugar. Estaré esperando." Dice Mauricio. "No sabrán qué les esperan." Responde Dre. "Estaré allí en cuarenta." Continúa Dre.

Al caer la noche, Mauricio se acerca al lugar donde se va a encontrar con Dre. Rápidamente examina la zona y hace ajustes en el paisaje para ayudar a su plan. Una vez satisfecho, se aleja y aparca su coche en una zona apartada, fuera de la vista. Abandona el coche y regresa al lugar de la emboscada para esperar a Dre y a sus víctimas.

Sin tener que esperar mucho, Mauricio ve unos faros a lo lejos. Oculto a la vista, ve a Dre llegar en su coche. Sólo un coche se detiene detrás de Dre. "Dónde está el otro coche?" Piensa Mauricio. Explora la zona y ve el otro coche a una distancia prudencial. "No lo van a poner fácil, verdad?" Dice Mauricio mientras se escabulle.

Al amparo de la oscuridad, Mauricio se dirige directamente al segundo coche. Mientras se acerca al coche por detrás, puede oír a uno de los hombres hablando por teléfono con Chico. "Sí, estamos en un parque." Le dice el sicario a Chico. "Ni llevaron a cabo lo que tu le mandaste a hacer." Le dice el sicario a Chico. "Qué hacen?" Grita Chico a través del teléfono. "Parado, haciendo nada." Responde el sicario. "Se ves como si estuvieran esparando algo." Continúa el sicario.

De repente, Chico se da cuenta de lo que está pasando y trata de advertir a sus hombres. "Oye, es una trampa." Pero llega demasiado tarde. Grita y grita, pero nadie responde. "Déjame llamar al otro equipo." Dice Chico marcando rápidamente al otro equipo.

Después de abatir a los dos primeros hombres, Mauricio se dirige directamente al otro coche. Se mueve con rapidez y se deja ver sólo unos segundos antes de efectuar dos disparos con su pistola del calibre 45. Alcanza a los dos hombres y los mata al instante. Cuando se da la vuelta para marcharse, oye sonar el teléfono de uno de los hombres. Se da la vuelta para contestar. "Sarte de ahi, Te van a matar!" Grita Chico en el auricular. "Es muy tarde para ese payaso." Responde Mauricio. "Ya lo mate." Continúa Mauricio. El teléfono se queda en silencio. "Quieres guerra puto, tráelo!" Responde Chico entre dientes apretados.

Saliendo del coche asombrado, Roc exclama: "¡Maldita sea, mira, todavía lo tienes cabron!" "Sí, pero esto no ha terminado ni mucho menos." Responde Mauricio. "Esto acaba de empezar." Sigue Mauricio. "Palabra, no hay más que decir, considérame un soldado. Lo que necesites." Dice Roc agarrando a Mauricio por el hombro. "Gracias Roc, necesito que reúnas algunas tropas y te reúnas conmigo en PA lo antes posible." Responde Mauricio. "Apuesta, tengo las tropas adecuadas, nos vemos muy pronto." Responde Roc. Dejan a los muertos en sus coches y llevan a Roc a su coche. Roc les da a Mauricio y a Dre la mano, y luego sube a su coche para reunir a su ejército.

De camino a la hotel, Dre finalmente habla: "Así que realmente estamos haciendo esto, eh?" "Hermano, es él o nosotros, y prefiero que sea él." Responde Mauricio. "todo hablao, as ta la muerte." Responde Dre.

De vuelta al hotel, Mauricio se excusa para hacer una llamada. "Papi, cómo estás?" Responde Rapheal. "Ase tiempo que no oigo de ti." Continúa Rapheal. "Bendiciones Rapheal, tenemos que hablar." Responde Mauricio. "Dimelo, que estas pasando." Responde Rapheal. "No por teléfono. Puedo venir a tu casa mañana?" Pregunta Mauricio. "Como tu quieres hijo. Te veo después." Responde Rapheal. Que dios te bendiga." Continúa Rapheal. "Bendición." Responde Mauricio antes de colgar.

Mauricio entra en la habitación del hotel y interrumpe a Dre en el teléfono con Angela. "Sí mami, yo también te quiero. Sé que es peligroso, pero bae..." Por el rabillo del ojo, Dre ve a Mauricio muriéndose de risa. "Bae, tengo que irme; Mauricio ha vuelto. Sí, sí, te llamaré más tarde. Yo también te quiero mami."

"Maldita sea, te he azotado", dice Mauricio entre risas. "Mira cabron, déjame descubrir que tienes una falda debajo de esos jeans." Continúa Mauricio aún riendo. "mamame el bicho cabron, no es así." Responde Dre. "Sólo está preocupada. Ya sabes cómo es." Explica Dre. "Whoo-tesh, whoo-tesh, eso es todo lo que escucho ahora." dice Mauricio mientras se revuelca en la cama riendo.

"En serio, qué la que ahi ahora?" Pregunta Dre. "Sí en serio, tenemos que descansar." Responde Mauricio. "Mañana tengo que ver a Rapheal. Luego, a partir de ahí, veremos qué pasa." Continúa Mauricio.

Ambos se acuestan y intentan dormir un poco, pero la guerra inminente los mantiene inquietos.

CAPITULO 14:

Habitar la antigüedad (revivir el pasado)

De vuelta a casa, Mauricio intenta ponerse al día con el trabajo en su tienda, pero no lo consigue debido a su falta de concentración tras la llamada con Rapheal. Intenta comer y, de alguna manera, la comida ha perdido su atractivo. Lo único que hace es revivir los recuerdos del pasado, buenos y malos. A veces desea perder sus recuerdos para siempre.

Incapaz de hacer nada en el trabajo, Mauricio decide ir a comprar la comida para sus empleados un poco antes. Abre la puerta de su despacho e inmediatamente se ve abrumado por el ruido procedente de la tienda. Entra en la tienda, coge la lista del almuerzo de la azafata de la recepción y se dirige directamente a la puerta principal.

Por fin sale al exterior, Mauricio está saturado por el calor del sol del mediodía, pero ni siquiera la belleza del día puede sacarle del aturdimiento. A veces, siente que se dirige a una perdición inminente. Otras veces tiene algo de esperanza, aunque no tan a menudo.

Ni siquiera Linda puede sacarlo de su trance. Le ha llenado el teléfono de llamadas y mensajes, pero sin éxito. Sin embargo, Mauricio se prometió a sí mismo que, cuando su encuentro con Raphael quede atrás, la llevaría a cenar.

El día se convierte en noche y la noche en día, el día que Mauricio temía ha llegado por fin. Se dirige a su reunión todavía inquieto y nervioso, pero se dice a sí mismo "No hay que echarse atrás ahora. Puedes hacerlo".

Se sube a su coche y no puede pensar en nada mientras conduce, tanto que el coche parece conducirse a sí mismo hacia la casa de Rafael. Se detiene ante unas puertas de hierro que le resultan demasiado familiares, y más recuerdos del pasado inundan su mente. Mauricio pulsa el botón del interfono de mala gana. "Qué quieres?" Pregunta una voz con brusquedad. "Tengo una cita con Raphael, me llamo Mauricio."

Tras varios minutos de esfuerzo, las puertas comienzan a abrirse. Mauricio conduce hacia la casa, donde le esperan varios hombres con grandes armas. Sale del coche e inmediatamente uno de los hombres le agarra y le cachea. Una vez que el hombre está satisfecho, otro le hace entrar en la casa.

En la casa, a Mauricio le vienen innumerables recuerdos, esta vez de su primera infancia, que lo detienen. "Estas bien señor?" Pregunta el mayordomo de Rafael al entrar en el vestíbulo donde se encuentra Mauricio. "Sí, gracias, puedes dirigirme a tu jefe?

"Si señor, vamos." A través de un laberinto de salones exquisitamente decorados, caminan hasta que finalmente se detienen en una puerta demasiado familiar para Mauricio. "Gracias." Dice Mauricio al mayordomo. Sin decir nada, el hombre inclina la cabeza, se da la vuelta y vuelve por donde han venido.

De pie en la puerta solo, Mauricio respira varias veces antes de girar el pomo de la puerta. Inmediatamente, el humo del cigarro llena sus pulmones al entrar en la habitación. Aventurándose a entrar, sintiendo náuseas a cada paso, ve a Rafael sentado frente a la chimenea.

Inmediatamente, Mauricio comienza a emocionarse, hace tanto tiempo que no ve al hombre que lo crió desde pequeño hasta el hombre que es ahora. Pero el rostro le traiciona, está lleno de arrugas y su pelo es casi completamente gris. Mauricio trata de contener las lágrimas al recordar a un hombre más joven que acogió a su madre y a él en el momento más bajo de su vida. Este fue el hombre que le enseñó sobre la vida, el amor y todos los intrincados detalles de la vida mafiosa. Hay una parte de él que quiere correr y abrazarlo, pero la otra parte quiere maldecirle en la cara. Así que en lugar de eso, se queda sin emociones.

"Hijo, ¿qué te trae por aquí?" Pregunta Rafael mientras se levanta para abrazar a Mauricio. "Tenemos que hablar." Responde Mauricio con frialdad mientras se aparta del abrazo. "De qué se trata?" Responde Rafael. "Tu número uno trato de matarme. Tu sabias eso?" Pregunta Mauricio luchando por mantener la compostura. "Papi, seguro que no, yo no sabía. No entiendo, pero porque." Responde un confundido Rapheal. "El me mando acer un trabajo, y me dijo que tu lo ordenaste." Continúa Mauricio.

"Perato, yo no entiendo." Responde Rapheal. "Pero porque el hizo esto, déjame llamarlo." Continúa Rapheal. "No, yo vine para tu bendición para tocar el mama bicho ese." Responde Mauricio entre dientes apretados. "Hijo, tu sabes muy bien que no puedo acer eso. El gana mucho dinero para esta familia. Mira dejame..." Responde Rapheal extendiendo su mano a Mauricio para intentar calmarlo. "Mira, na!" Responde Mauricio con desprecio encogiendo la mano de Rafael. "Vine para tu bendición, pero veo que el tratar de matarme no te preocupa." Continúa Mauricio. "No hables así, tú sabes muy bien que me preocupas, pero..." Responde Rafael con preocupación en los ojos. "Pero nada!" interrumpe Mauricio levantando agresivamente la voz. "Voy a acerlo de mi manera y sin tu bendición." Continúa Mauricio mientras le da la espalda a Rachael.

"Hijo, yo..." Responde Rafael con los ojos llorosos. "Yo no soy tu hijo." Interrumpe Mauricio deteniéndose en seco. Mauricio vuelve a girar la cabeza hacia Raphael con la sangre hirviendo: "Si tu no cres que el no viene por tu posición, tu eres crédulo." Continúa Mauricio acercándose a Rafael mirándolo fijamente a los ojos. "Eso lo que yo haria, sacar a todos los que me puedan parar del medio. Tu me enseñaste eso, no te acuerdas?" Continúa Mauricio aún mirando a los ojos de Rafael sin pestañear. "Mauricio, estas equivocado" le suplica Rafael. "Dejame llamarlo y podemos aclarar todo esto." Continúa Rafael. "Si tu me amas no lo llamaras, pero aunque lo llame todavia lo voy a enterrar." Responde Mauricio dándose la vuelta una vez más dirigiéndose a la puerta y cerrándola tras de sí.

De vuelta en su coche, Mauricio está furioso; enfadado consigo mismo por haber hablado con la única persona de su vida que se preocupaba por él. Está muy enfadado con Rafael por no ver lo que Chico está tratando de hacer, y por no darle la bendición que necesitaba para poder hacer esta tarea con tranquilidad.

Acelera por unas calles laterales apenas iluminadas por las farolas; la oscuridad y las luces parecen fundirse para Mauricio, y todo le resulta borroso. Sólo puede pensar en la conversación que acaba de tener con Rafael. Pero pronto se da cuenta de lo que debe hacer y comienza a calmarse, lo que le hace reducir su velocidad.

Intentando que su mente vaya en otra dirección, ve que Placer -el club de caballeros- se acerca a la derecha, así que decide parar para tomar una copa. Espera que Romina esté en el trabajo para que le ayude a quitarse las preocupaciones, pero cuando entra en el aparcamiento, ve una figura familiar y se pregunta qué está haciendo aquí.

CAPITULO 15:

Cita imprevista (encuentro inesperado)

En medio de las luces de neón y de la oscuridad circundante, Mauricio divisa nada menos que a Linda caminando hacia el club como si fuera a entrar. Se pone a su lado y baja la ventanilla: "Disculpe, ¿puedo...?". Mauricio empieza a decir antes de que le corten. "No, no puedes tener mi número." interrumpe Linda con molestia en su voz. "No puedes tenerme para desayunar, almuerzo o cenar." Continúa Linda sin ni siquiera echar un vistazo para ver quién puede ser. "Bueno, para empezar, ya tengo tu número." Responde Mauricio con un tono de naturalidad. "Dos, tenerte para desayunar, almuerzo o cenar es una piropo de ligue muy cursi. Iba a preguntarte qué te trae por aquí." Sigue Mauricio.

El corazón de Linda se desploma y su piel se vuelve blanca como el papel. Se gira y ve a la única persona que esperaba que no fuera. Mauricio nota que su expresión facial se tensa y su cuerpo se pone rígido como una tabla. Sin embargo, se queda tranquilo esperando una respuesta de ella. "Qué, ¿qué me sigues ahora?" Responde finalmente y trata de desviar la atención de ella. "Ma, no te hagas ilusiones." Responde Mauricio sonando molesto por su respuesta. "Entendí tu indirecta después de que no me devolvieras las llamadas." Continúa Mauricio. "Oh sí eso, lo siento. Estaba ocupado en ese momento. Últimamente he intentado devolverte la llamada, pero parece que no sabes responder al teléfono." Responde Linda.

"Bueno, qué sabes, yo también he estado ocupado últimamente." Responde Mauricio. "Sin embargo, todavía no has respondido a mi pregunta. A ver si me entero de que te gustas las mujeres y vienes a buscar una puta." Pregunta Mauricio en tono de broma. "Ja Ja eres comico." Responde Linda de manera sarcástica, poniendo los ojos en blanco. "Si quieres saberlo, estoy haciendo un trabajo de investigación sobre la conexión emocional y psicológica del cerebro masculino en este tipo de ambiente." Responde Linda sonriendo para sí misma por sacarse la explicación del culo, sonando inteligente en el proceso.

"La verdad es que suena interesante." Responde Mauricio. "Me gustaría leerlo cuando se publique." Continúa Mauricio. "Que cojone, me ha picado el gusanillo." Piensa Linda para sí misma. "Dale, claro." Responde Linda. "De todos modos, ahora que te tengo aquí, me debes una por haberme dejado plantado." Comenta Mauricio. "Qué tal si te llevo a esta pequeña y estupenda cafetería para que nos conozcamos mejor?" Continúa Mauricio. "En primer lugar, no te debo nada!" Responde Linda con un tono serio. "Sin embargo, tengo un poco de hambre, así que aceptaré tu oferta." Admite Linda, cediendo a su petición. "Genial, sube." Responde Mauricio entusiasmado. "Claro que no! responde Linda con dureza. "Primero, no te conozco así. Segundo, no voy a dejar mi coche aquí. Estás loco?" Argumenta Linda. "Pues entonces sígueme." Responde Mauricio sonriendo.

Llegan rápidamente a Tommy's y se dan cuenta de que están a punto de cerrar, así que se apresuran a entrar para poder comer. Se sientan en un silencio incómodo después de pedir hasta que Mauricio habla. "Tengo una pregunta para ti: qué es esa actitud tan dura que tienes?" "No sé de qué estás hablando." Responde Linda. "Entonces, siempre andas como si te importara una mierda?"

Pregunta Mauricio. "Que se joda el mundo, no me pidas una mierda" es mi lema." Responde Linda "Como la canción de Biggie". Continúa Linda.

"Maldita sea Mami, te deben haber hecho mal una vez más en tu vida." comenta Mauricio con un aire de preocupación en su voz. "Multiplica eso por 100." Responde con desdén en su voz. "Quieres hablar de ello?" Pregunta Mauricio tratando de mostrarse preocupado sin sonar entrometido. "Bueno..." Linda es interrumpida por la camarera con su comida. Mientras comen, Linda comienza a contar su historia a Mauricio' todo y todos los que la hicieron ser como es.

"Maldita sea, estos gofres están muy buenos." Comentarios de Linda cambiando de tema. "Me pregunto cuál es su secreto." Continúa Linda. "Pues resulta que yo conozco la receta." Responde Mauricio con suficiencia. "Sin embargo, he jurado guardar el secreto." Continúa Mauricio sonriendo a Linda. "Sin embargo, tal vez pueda cocinarlos para ti una mañana." Continúa Mauricio pateando el juego como un profesional. "Eso es muy presuntuoso por tu parte." Responde Linda con un brillo en los ojos. "Sin embargo, nunca se sabe lo que depara el futuro." Continúa Linda devolviéndole el juego.

Siguen mirándose fijamente, sin querer apartar la vista. Se sostienen la mirada durante lo que parece una eternidad. En ese momento, la chispa encendió la llama del amor entre ellos. Al mismo tiempo, ambos sintieron ese deseo ardiente de estar con el otro cada minuto de cada día. Fue entonces cuando nació el verdadero amor dentro de ambos.

Finalmente terminan la comida y salen por la puerta después de que Mauricio pague la cuenta. Mauricio acompaña a Linda a su coche y se despiden mientras siguen mirándose a los ojos.

"Vale, entonces supongo que te llamaré pronto." Dice Mauricio rompiendo el silencio. "Me gustaría." Responde Linda. "Gracias por la compañía. Continúa Linda sonriendo a Mauricio seductoramente. "Ah, y me alegro mucho de que no estemos haciendo footing." Bromea Linda. "Ya está bien de sacar a relucir cosas viejas." Responde Mauricio. "Yo ya..." fue todo lo que pudo sacar antes de que la atracción los juntara en un abrazo y encerrara sus labios en el primer beso de amor.

Asustada por la sensación, Linda comienza a apartarse pero no es rival para la magia del momento. Se rinde al poder, dándole todo lo que tiene.

Pasan los minutos y Linda finalmente rompe el trance: "Bien, gracias por eso, y um, te veré uh, quiero decir, hablaremos pronto." Dice Linda sonrojada. "O-Okay, sí, definitivamente te llamaré." Responde Mauricio. "Pero tienes que contestar." Continúa Mauricio bromeando. "Ahora quien saca a relucir la mierda vieja, cuídate Papi." Dice Linda mientras sube a su coche, sin quitarle los ojos de encima a Mauricio. "Adiós cariño." Responde Mauricio con amor en su voz.

Minutos después, Linda entra en el aparcamiento de Placer y suena su teléfono: "Hola, quién es? "Um, soy yo Mauricio." "¿Qué ha pasado?" responde Linda. "¿Se me ha olvidado algo?" Pregunta Linda. "No, sólo quería asegurarme de que llegaras bien a casa." Continúa Mauricio. "Bueno, en realidad no voy a casa, recuerda." Responde Linda. "Tengo que investigar ese trabajo, pero gracias por preocuparte." Continúa Linda sonrojada. "Eres el primer chico que hace eso." Dice Linda halagada. "Bueno, de nada." Responde Mauricio. "Estaré en casa más tarde si quieres llamarme entonces." Dice Linda invitando. "De acuerdo." Responde Mauricio con emoción en su voz. "Sin embargo, antes de dejarte ir, una pregunta más: Por qué psicología?"

"¿Qué quieres decir?" pregunta Linda. "Bueno, se ve que eres estudiante de psicología en Temple, espero." Responde Mauricio. "Si no, podrías estar contándome alguna historia falsa para despistar." Continúa Mauricio. "Oh, no!" Piensa Linda. "Sí, estoy en Temple y sí la psicología es mi especialidad." Responde Linda tratando de mantener la calma." "Por qué crees que te estoy mintiendo?" Pregunta Linda desviando la atención de su mentira. "Bueno, he sido quemado antes por mujeres como te dije en el restaurante." Responde Mauricio "Por favor, perdóname por dudar de ti." Continúa Mauricio nervioso.

"Siempre me ha interesado la psique humana." Responde Linda. "Mi principal motivación es mi hermano, que falleció de demencia. Hice el voto de ayudar a otros en situaciones similares, para responder a su pregunta." Continúa Linda. "Siento lo de tu hermano." Responde Mauricio con sinceridad en su voz. "Trabajo en Verizon para llegar a fin de mes, bueno es más bien un subcontratista de Verizon." Interviene Linda.

"Es una razón genial para hacer psicología." Responde Mauricio. "Verizon debe pagar bien para que tengas un viaje así, y tu lujoso condominio." Continúa Mauricio. "La verdad es que no." Responde Linda. "Mis padres me ayudan. Me consiguieron el coche y tengo un compañero de piso que me ayuda con el alquiler." Continúa Linda. "Oh, y qué..." es todo lo que Mauricio pudo decir antes de que Linda lo interrumpa: "Escucha, tengo que acortar esto. Tengo que hacer una investigación antes de que el club cierre." "Ah, sí, claro." Responde Mauricio sin darse cuenta de que se ha dejado llevar. "Supongo que te llamaré más tarde entonces." Continúa Mauricio. "Dale, adiós." Responde Linda. Cuelga y de inmediato comienza a patearse a sí misma: "Qué voy a hacer? Sigo mintiendo a este tipo y de verdad creo que me estoy enamorando de él." Deja atrás este pensamiento y se concentra en la discusión que va a tener con su jefe por haber llegado tan tarde.

Después de colgar con Linda, Mauricio llama a Dre: "Yo mano, tengo algo que decirte, yo creo que estoy enamorado." "Qué, espera. ¿Qué quieres decir como crees que estas enamorado?"

Responde Dre completamente confundido. "Más despacio y cuéntame todo." Continúa Dre listo para la ciencia.

Mauricio le cuenta todo sobre su encuentro con Raphael y cómo ese encuentro lo llevó a encontrarse con Linda. También le habla de la cena tardía en la que se dio cuenta de que estaba enamorado. "Hermano, tómatelo con calma." Le aconseja Dre. "No la conoces. Quiero decir que me alegro por ti, pero tómatelo con calma. Tómate tu tiempo." Continua Dre "Yo sé... espera. Tengo otra llamada." Dice Mauricio.

Mauricio mira el identificador de llamadas antes de hacer clic y se ilumina como un árbol de Navidad. "Oye, es ella. Luego te llamo." Dice Mauricio emocionado. "Dale, pero recuerda lo que he dicho. Hola, estás ahí? Sigue Dre. Sin decir nada, Mauricio le cuelga a Dre dejándolo hablando con el aire. "Espero que sepa lo que hace." Sigue Dre hablando a si mismo.

"Hola Mami." Responde Mauricio tratando de sonar lo más suave posible. "Sabía que no podrías resistirte a mi encanto de papi chulo." Continúa Mauricio con su voz de swagga. "De todas modas." Responde Linda sonriendo al escuchar su voz en el teléfono. "He salido temprano y he pensado en llamarte a ti." Sigue Linda. "Salió?" Pregunta Mauricio con curiosidad. "Quiero decir que he terminado mi investigación de esta noche." Dice Linda rápidamente. "Ah, Dale." Responde Mauricio. "Cómo te fue, conseguiste lo que necesitabas para publicar tu trabajo?" Pregunta Mauricio. "Por esta noche. Todavía tengo que volver mañana a por más." Responde Linda. "Bueno, tal vez pueda ir contigo esta vez." Sugiere Mauricio. "NO! Grita Linda a través del teléfono horrorizada. "Quiero decir que lo único que harás es distraerme, pero tal vez podamos quedar después." Dice Linda con voz más calmada. "Eso me gusta de ti." Responde Mauricio con aire de confianza. "Estás en lo tuyo, me gustan las mujeres que se toman en serio." Continúa Mauricio. "Pues como dicen: Nadie lo va a hacer por ti. Verdad?" Responde Linda. Con cada respuesta, Linda siente que se muere por dentro por seguir engañando a este pobre hombre. "Entonces, qué hay de ti? ¿Por qué un salón de belleza?" Pregunta Linda desviando la atención de ella una vez más. "Buena pregunta." Comenta Mauricio. "Siempre me fascinó la cosmetología. Además, un día, cuando era más joven, mi madre tuvo una mala experiencia en un salón de belleza de la zona, así que me propuse tener uno que tratara a los clientes con respeto." Continúa Mauricio.

"Me gusta eso." Responde Linda. "No hay muchos negocios con ese tipo de imagen. Hoy en día, o bien tienes que conseguir a algún conocido que te enganche o valiente una de esas carnicerías que llaman salones." Comenta Linda.

Continúan así durante horas, relatando historias de la vida, fantasías y todo lo demás. De alguna manera, la conversación termina en el sexo, Mauricio no puede creer lo franca y directa que es Linda sobre las posiciones sexuales, los juguetes, eso realmente lo excita.

La conversación se vuelve más profunda y explícita. Hablan de experiencias pasadas y de fantasías futuras. Entonces, de repente, Mauricio oye un ruido, algo así como una maquinilla de cortar el pelo. "No es por cortarte, mamá, pero le estás cortando el pelo a alguien por ahí?" Pregunta Mauricio tratando de discernir lo que está escuchando.

Linda está sorprendida de que pueda oír el ruido. "No, por qué lo preguntas?" Dice Linda sonriendo de oreja a oreja. "No, porque oigo algo parecido a una maquinilla." Responde Mauricio confundido. "Es que pensé..., espera. Es eso lo que creo que es?" Continúa Mauricio, con la boca abierta sin poder creer lo que está oyendo.

"No sé de qué estás hablando."Rresponde Linda con una ligera risita en voz baja. "Yo no oigo nada; tú debes estar oyendo cosas."

Continúa Linda. "Claro que sí, ya sé lo que es. Estás usando un vibrador." Dice Mauricio acusadoramente. "Maldita sea, me has pillado." Confiesa Linda. "Tienes un buen oído, de todas formas, y qué si lo estoy haciendo?" Pregunta Linda seductoramente. "Tu voz me está excitando mucho ahora mismo." Continúa Linda mientras gime en el receptor.

"Maldita sea chica, podrías haberme incluido en esta sesión de sexo telefónico." Se burla Mauricio. "Sin embargo, sabes que lo real es mucho más divertido. Pero como dicen: Cuando en Roma." Continúa Mauricio. "Créeme, tú fuiste parte de este sexo telefónico, me tuviste lujurioso hablando de todo este sexo. Además, ha pasado un tiempo, así que pensé que ahi de malo." Confiesa Linda.

"Bien, ahora nos estamos divirtiendo." Responde Mauricio. "Dame algunas imágenes de la escena de allí." Pide Mauricio. "Bueno, estoy sentada en mi cuarto, en mi La-Z-Boy." Explica Linda. "Oye, ¿y tu compañero de piso?" pregunta Mauricio apresuradamente. "Dale, ella sabe de qué va la cosa, además esa puta es más friki que yo." Responde Linda. "Oh, entonces dices que eres un friki?" Pregunta Mauricio riéndose. "Como sea." Dice Linda sin poder disimular su sonrisa. "Las luces son tenues, y tenía puestas unas panties de color lavanda y un brazier a juego, pero están en el suelo ahora mismo." Dice Linda mientras sigue contando los últimos minutos.

"Definitivamente eres detallista en tus habilidades de descripción." Interrumpe Mauricio excitándose mucho. "Tengo las piernas abiertas apoyadas en los brazos de la silla." Continúa Linda con voz seductora. "El vibrador está en una velocidad de pulsación baja, y está muy dentro de mí y estoy imaginando que eres tú papi." Continúa Linda. Ahora tú, ¿cómo es tu escena?" Pregunta Linda.

"Bueno, en este momento también estoy en mi cuarto." Responde Mauricio. "Irónicamente, sentado en un La-Z-Boy con nada más que calzoncillos. Además, tengo la mayor erección imaginable." Continúa Mauricio seductoramente. "Oh, me encanta cuando los hombres que llevan sugar babies." Responde Linda. "Necesito que liberes esa erección de su prisión, por favor." Continúa Linda. "Espera, ¿qué demonios son los sugar babies?" Pregunta Mauricio confundido. "Oh, bueno, yo llamo a los calzoncillos bóxer sugar babies." Responde Linda. "Oka-ay raro, pero esta bien que se vayan." Responde Mauricio. "Ahora, quiero que saques el vibrador de la chocha, y que pases tus manos a lo largo de tu cuerpo. Imagina que son mis manos invadiendo cada centímetro de ti." Dice Mauricio dirigiendo seductoramente a Linda. "Cuando llegues a tu chocha, desliza dos dedos dentro. Mientras lo haces, lleva la otra mano hasta tus pechos y acaricia tus pezones." Continúa Mauricio imaginando el cuerpo de Linda mientras se toca a sí mismo. "Demasiado tarde, ya estoy ahí." Responde Linda en un suspiro.

"Ahora imagina que mi boca se cierne sobre tu chocha, siente el calor de mi aliento en tus labios." Indica Mauricio. "Saco mi lengua y acaricio ligeramente tu clítoris aumentando tu excitación." "Sí, cómeme la chocha, Papi." Gime Linda. "No estás preparada para eso, pero sientes mi lengua?" Pregunta Muaricio. "Sientes mis manos que te separan las piernas ahora mientras paso mi lengua por tu clítoris?" Continúa Mauricio seductoramente. "Um-hmm, sí-s-s-s." Responde Linda con una respiración entrecortada. "Se siente tan bien papi. Quiero que me devores, estoy preparada, te lo prometo." Suplica Linda arqueando su espalda como si él estuviera realmente allí con ella.

"Más despacio mami." Dice Mauricio. "A su debido tiempo Bella. Ahora necesito que saques esos dedos de la chocha, es hora de que me corra dentro." Dirige Mauricio. "Ok papi." Responde

Linda gimiendo en voz baja. "Estoy lista para ti." Continúa Linda. "Allá voy Mami, introduciendo lentamente mi bicho dentro de ti, separando tus labios y estirando tus paredes internas mientras te mantengo las piernas abiertas." Ambas gimen por lo que se ve.

"Oh, uh yesss, justo ahí papi." Responde Linda gimiendo fuerte. "Lo siento, es tan grande." Continúa Linda acariciándose con el consolador. "Bien, aquí voy lentamente dentro y fuera, ahora un poco más rápido nena." Mauricio sigue susurrando. "Acelera el ritmo ahora nena, más rápido nena, se está mojando mucho ahora." Mauricio insta a Linda entre gemidos. "Ai papi, quiero que le des por detrás." Interviene Linda. "Dámelo por detrás." Exige Linda.

"Está bien, cariño." Responde Mauricio. "Vamos a cambiar de posición, estás lista?" Pregunta Mauricio. Linda se levanta rápidamente y se pone de rodillas: "Sí papi, estoy lista." "Ahí voy." Gime Mauricio: "Esta vez te voy a meter el bicho hasta el fondo y te voy a romperte la espalda." Dice Mauricio. "Oh Papi, así es como me gusta. damelo papi, estás a punto de hacer que me venga.

"Advierte Linda segundos antes de explotar sobre su consolador. "Dale suavemente chula, no he dicho que te puedas venir todavía. Voy a tener que parar eso." Gime Mauricio alejando a Linda de su orgasmo. "Ai papi, no puedo evitarlo." Gime Linda en protesta. "Me estás tocando el lugar, papi. Te sientes tan bien dentro de mí, voy a intentaré no hacerlo..."

Antes de que Linda pueda terminar su frase, vuelve a venir sobre sí misma, rezumando semen por todo el vibrador y los dedos. "Demasiado tarde papi. Oh, mierda, oh sí, justo ahí." Sigue Linda Vimiendose ensima. La fuerza del orgasmo le debilita las rodillas, haciéndola caer y dejar caer el teléfono. Al escuchar todo esto, Mauricio tiene todo lo que necesita para venir en su propia felicidad orgásmica. Linda coge el teléfono a tiempo para oírle gemir de éxtasis.

"Maldita sea papi." Dice Linda después de recuperar el aliento, "Qué me haces. No me he venido así desde que perdí la virginidad..." Confiesa Linda. "Lo mismo digo yo." Responde Mauricio con la misma respiración entrecortada. "Creo que hay magia en el aire, puedo sentirla." Continúa Mauricio. "Sí, yo también lo siento, pero lamentablemente me tengo que ir. Tengo que limpiar este desastre que me hiciste." Responde Linda. "Está bien." Responde Mauricio. "Te llamaré más tarde." Pregunta Mauricio.

"Seguro que sí." Responde Linda. "Dale, entonces adiós mi amor." Responde Mauricio. En cuanto las palabras salen de su boca, Mauricio se arrepiente, pero es demasiado tarde. "Está bien, supongo que hablaré contigo más tarde." Responde Linda, sonando algo extrañada por lo que acaba de decir.

Después de colgar, Mauricio comienza a patearse a sí mismo: "Maldición, no puedo creer que haya dicho eso. Por qué dije eso?"

De camino al baño, Linda aún no puede creer que haya dicho eso: "Qué fue eso? Tengo que tener cuidado con éste; podría ser uno de los pegajosos".

Pero mientras ambos se limpian, coinciden en lo que sienten el uno por el otro, que es *AMOR...*

La interferencia anticipada produce oportunidades prolíficas (el bloqueo esperado hace que todo se junte)

En cuanto Mauricio salió de la casa de Raphael, éste convocó a Chico. Como Mauricio había anticipado, Rafael envió a Chico fuera del país con una misión falsa, diciéndole a Chico que es el único en quien puede confiar para supervisarla.

Cuando Mauricio se enteró de la intromisión de Rafael, supo que todo era mentira. Mauricio lo sabía mejor. Raphael sólo está tratando de evitar el derramamiento de sangre, pero no importa cuánto tiempo tome, Mauricio va a obtener su venganza.

Durante días, Raphael intenta locamente ponerse en contacto con Mauricio. Rafael quiere disuadirle de la guerra que se ha propuesto iniciar. Sin embargo, Mauricio evita todos sus intentos. Para Mauricio, Rafael sólo está evitando lo inevitable. "Chico debe morir!" se dice Mauricio. "Voy a ser yo quien lo haga."

Pero Mauricio ve el lado bueno de todo esto, el retraso de Raphael le da la oportunidad de hacer una pausa y elaborar una estrategia con sus soldados. Incluso puede eliminar algunas de los puntos de Chico para demostrarle que no está jugando, también para cabrear a Chico lo suficiente como para que vuelva a casa.

Mauricio mantiene su milicia pequeña, y su conocimiento táctico le da la ventaja de hacer grandes movimientos con poca fuerza. Un regalo que Raphael le dio a Mauricio hace mucho tiempo.

Después de dos días más o menos de vuelta de Virginia, Roc cumple su palabra. Llega a Filadelfia, pero sólo tiene dos chicas enchulado con él. "¡Maldito sea Roc!" Exclama Mauricio. "Pensaba que ibas a traer algún soldado, ¿están de camino?" Roc se ríe: "Mauricio, quiero que conozcas a mi hunny B's. Esta belleza rubia y alta es Scarlet. La pelirroja que está aquí es Kathy, Kitty para abreviar. Estas dos mujeres son mejores que todo un ejército." Continúa Roc. "Son mis mejores y más leales soldados."

"Ves, sé lo que estás pensando." Explica Roc. "Ves a dos mujeres y piensas en la debilidad, subestimas su potencia.l" Continúa Roc. "Pueden infiltrarse en cualquier organización y exterminarla por dentro." Dice Roc con una sonrisa siniestra frotándose las manos.

"De acuerdo, si respondes por ellos, les haré una prueba." Responde Mauricio.

Mauricio abre su casa a Roc y a los B, escondiéndolos hasta que empiece la Gran Fiesta. Mientras tanto, Mauricio aprovecha para enviar a los B a algunas pequeñas misiones de prueba.

Mauricio también aprovecha el tiempo muerto que Rafael ha creado para él para acercarse a Linda. A medida que pasan los días, los dos parecen inseparables, desde el cine hasta la cena, pasando por los paseos nocturnos por la playa. El trabajo y todo lo que está fuera de su pequeño mundo les parece insignificante. Cuanto más tiempo pasan juntos, más fuerte se hace su amor.

Para Mauricio, la relación es fantástica. A pesar de las opiniones de los demás, está dispuesto a dar el siguiente paso. Con la situación que se avecina con Chico, quiere hacer un cambio positivo en su vida y asegurarse un futuro.

Para ayudarle, Mauricio llama a Dre y le dice que se reúna con él en el centro comercial Benjamin Franklin. "que la que ahi primo, que es la emergencia?" Pregunta Dre. "Chico está haciendo un movimiento?" Continua Dre. "No, nada de eso." Mauricio asegura a Dre. "Siéntate, quiero pedirte tu opinión." Mauricio le indica que se siente. "Dale, qué pasa?" Pregunta Dre con inquietud. "Bueno, sabes que Linda y yo nos hemos acercado mucho últimamente." Dice Mauricio. "Sí, lo sé." Responde Dre. "El tiempo de relax contigo es inexistente a menos que sea ella. Pero no pasa nada, me alegro de que seas feliz." Continúa Dre. "Bueno, he decidido dar el siguiente paso, necesito que me ayudes a elegir un anillo." Balbucea Mauricio con los ojos cerrados. "Vaya, espera un segundo." Protesta Dre. "No crees que vas demasiado rápido? Quiero decir, ya hemos hablado de esto." Insta Dre. "No estoy en contra de la brevedad, pero no crees que es demasiado pronto?" Pregunta Dre. "He tenido en cuenta la opinión de todos." Responde Mauricio. "Tengo que hacer lo que siento en mi corazón." Continúa Mauricio con convicción. "Wow, bueno, te cubro la espalda primo, Vamos a buscar este anillo." Dice Dre abrazando a Mauricio.

Sin que los dos lo sepan, uno de los espías de Chico les sigue cuando entran en casa de Jared. Han estado vigilando cada movimiento de Mauricio desde que Chico fue despedido.

Los hombres siguen a Mauricio y a Dre al interior de la tienda y observan desde lejos cómo miran el mostrador de los anillos de compromiso. El hombre esboza una sonrisa al saber que esto podría ser la perdición de Mauricio. Inmediatamente marca la línea privada de Chico. "Dígame!" Responde Chico gritando en el auricular. "Soy yo, mira estoy en una tienda de joyería y adivina quien esta comprando una sortija de compromiso." Dice Chiqui.

Chico empieza a reírse con una risa malvada y siniestra: "Ai bendito, el mama bicho se quiere casar." Responde Chico. "Te tengo ahora, Mauricio." Continúa Chico. "Hiciste bien Chiqui, mantenme informado." Dice Chico y cuelga.

Rápidamente, Chico llama a algunos de sus sicario y les encarga que encuentren a esta misteriosa mujer y cualquier información personal que puedan sobre ella.

Mientras Dre y Mauricio se sientan a comer un rato, no son conscientes de la tormenta que se está formando entre bastidores.

"Oye, qué pasa con la situación de Chico?" Pregunta Dre. "Hemos estado en casa por un tiempo, y la forma en que las cosas fueron en VA, sé que Chico no está cavando demasiado." Continúa Dre. "Raphael todavía lo tiene fuera del país, pero sé que no se quedará fuera mucho tiempo." Responde Mauricio. "Le he faltado al respeto, y sé que no tardará mucho." Continúa Mauricio. "Quieres decir que le *hemos* faltado al respeto." Interviene Dre con una sonrisa socarrona. "Tengo a alguien buscándolo mientras hablamos." Continúa Mauricio. "Raphael hizo todo lo posible para hacer invisible a ese gordo bastardo, pero lo encontraré tarde o temprano." Dice Mauricio mientras mira fijamente al espacio, con la rabia creciendo en su interior.

Todavía sin saber que les siguen, los dos hombres siguen con sus asuntos mientras Chico empieza a acercarse para encajar todas las piezas.

Tras averiguar el nombre de la mujer que tiene el corazón de Mauricio, Chico envía un equipo para vigilar su casa y esperar sus instrucciones.

Con gran dolor, Chico ha mantenido su paciencia, siguiendo el juego de Rafael y su estratagema para tratar de evitar el derramamiento de sangre. Pero esta vez le da tiempo a sus sicario para llevar su plan a buen puerto.

Con la localización de la zorra de Mauricio en el bolsillo, Chico tiene cierta ventaja sobre su adversario. No puede esperar a hacer llover el terror sobre Mauricio por todo el dolor que ha traído a su vida desde el día en que se conocieron.

Un secreto que Chico ha estado ocultando a todo el mundo, cuando Mauricio era más joven, Chico había estado tratando de escalar los rangos de la organización, pero seguía siendo pasado por alto a causa de Mauricio. Chico sentía que debería haber tenido muchas oportunidades de ascenso, pero como Rafael adoraba a Mauricio y lo quería como a su hijo muerto, estaba cegado por el amor.

Desde entonces, juró vengarse de Mauricio y ha estado esperando su momento hasta poder vengarse de su enemigo jurado.

Con toda la información que el topo de Chico le ha estado proporcionando, ha sido más fácil vigilar a Mauricio. Todos los que ha encontrado: Tina, la recepcionista del spa, ha sido la pequeña marioneta de Chico. Le ha estado dando toda la información que ha podido conseguir, en contra de su voluntad.

Cuando Tina tenía ocho años, fue secuestrada y vendida en el mercado negro. Chico la compró y rápidamente empezó a prostituirla con viejos cachondos y con cualquiera que quisiera pagar. Luego, cuando creció y comenzó a florecer, en una jovencita gruesa. Fue entonces cuando Chico comenzó a usarla para infiltrarse entre sus enemigos, y apoderarse de sus lugares. Luego, cuando no estaba ocupada, era un juguete para todos sus sicario.

Dre y Mauricio abandonan finalmente el centro comercial y prometen reunirse más tarde. Sin que ellos lo sepan, Chico se inquieta, dispuesto a poner en marcha su plan.

Para Chico, Rafael se ha ablandado en su vejez. Chico cree que puede dirigir mejor la organización, así que está dispuesto a ocupar el lugar que le corresponde en la cabeza de la mesa.

CAPITULO 17:

Altercado femenino
(las debutantes se enfrentan)

Tras las compras del anillo, Mauricio vuelve a el salon para intentar ponerse al día con el trabajo. A pesar del éxito continuado del negocio en su ausencia, siente que debe ser más responsable del negocio y de sus actividades diarias.

Mauricio se sienta detrás de su escritorio y lo único que puede hacer es pensar en Linda, y en lo bien que se lo ha pasado desde que están juntos. Incapaz de concentrarse en su tarea, decide hacer unos recados cuando oye que llaman a su puerta. "Pasa." Responde Mauricio tanteando unos papeles. "Hola primo." Responde Ángela al entrar por la puerta. "No sabía que habías vuelto." Continúa Ángela.

Mauricio le lanza una mirada de incredulidad: "Me saludaste cuando entre por la puerta hace veinte minutos, te acuerdas?" Explica Mauricio. "Ah, sí." Responde Ángela con una risa nerviosa. "Dónde está mi mente?" Dice Angela mirando al suelo. "Qué pasa, Ángela?" Pregunta Mauricio. "Suéltalo. Te conozco demasiado bien, qué quieres saber?"

"bueno primo, me has pillado." Confiesa Angela con una sonrisa en la cara. "Quería saber la información sobre ti y Linda, me he dado cuenta de que te ha mantenido ocupado últimamente. He oído que hoy has estado en casa de Jared." Dice Angela escupiendo todas sus palabras a la vez, asegurándose de meterlas todas. "Maldita sea, Dre no puede retener el agua, verdad?" Exclama Mauricio riéndose en voz baja.

"Maldito sea primo." Responde Angela. "Sabes que tengo que cuidarte, estas chicas de aquí son despiadadas." Continúa Angela. "Hacen lo que sea para atrapar a un papi exitoso como tú sólo por tu dinero." Dice Angela con desprecio en su voz

"Cierto, cierto." Responde Mauricio. "Gracias por cubrirme las espaldas prima. Pero ella es diferente. Es algo especial, como tú." Comenta Mauricio sonriendo al pensar en Linda.

"el bicho mia, esa perra no es especial!" Angela piensa para sí misma. "A qué se dedica?" Pregunta Angela. "Va a la escuela a tiempo parcial y trabaja en telemarketing. Me encanta su ambición, por eso le compré esto." Mauricio saca del bolsillo el anillo que le ha comprado y se lo enseña a Ángela.

Ángela jadea, sintiendo como si alguien la hubiera dejado sin aliento. Ángela coge el anillo: un diamante de 3 quilates, de talla princesa, incrustado en una banda de platino, con engendros a los lados. "Diablo primo!" Responde Angela sintiendo que su ira aumenta por dentro. "¿Estás segura de esto? En primer lugar, ni siquiera os conocéis tan bien y ¿cómo sabes que no es una tapadera para conseguir tu dinero?" Continúa Angela mientras le hierve la sangre por dentro.

"Qué pasa entre tú y Dre?" Pregunta Mauricio. "¿No pueden alegrarse por mí? Nunca me he sentido así por ninguna mujer en mi vida." Continúa Mauricio sintiéndose herido. "Sé que no me está mintiendo. Me llevó a su trabajo y todo. Es el momento de sentar la cabeza." Dice Mauricio seguro de sí mismo y de su decisión.

A Ángela le hierve la sangre al escuchar que Linda llegó a crear falsos compañeros de trabajo y un lugar de trabajo. "Pero cómo sabes que no va sólo a por tu dinero?" Pregunta Angela.

"Na, como he dicho: es diferente." Responde Mauricio visiblemente irritado por la inquisición de segundo grado. "A ella no le importa mi dinero!" Dice Mauricio levantando la voz. "Sí, claro!" Interviene Ángela levantando la voz para igualar la de Mauricio. "Eso es lo que dicen todos." Continúa Ángela. "Odioso!" Se burla Mauricio. "¿Qué te hizo, pensé que querías que fuera feliz?" Pregunta Mauricio golpeando los puños sobre su escritorio con rabia.

"Espera Mauricio, esa perra miente. No es quien dice ser." Lo que Ángela quería decir era que era una "bailarina exótica." Sin embargo, no podía ser ella quien le rompiera el corazón a su primo.
Felicidades primo, espero que te haga feliz." Responde Angela sintiéndose derrotada.

De repente: "Tengo que irme." Dice Ángela saliendo a toda prisa del despacho de Mauricio. Enfurecida, Ángela busca la información de Linda en su iPhone. "Esta perra me va a sentir, está jugando con la familia equivocada".

Angela almuerza temprano, se sube a su coche y sale del aparcamiento. Por fin consigue el número de Linda y lo marca inmediatamente. "Hola, me tienes." Responde Linda. "¡Mira aquí, puta sucia!" Responde Angela. "Estás jugando con la persona equivocada. Tienes que dejar de jugar con mi primo y decirle quién coño eres en realidad." Continúa Ángela mientras entra y sale del tráfico.

"¿Quién coño eres tu?" Responde Linda gritando al teléfono. " Yo tengo la puta tuya. No es mi culpa si tu primo le encanta mi cocha." Continúa Linda. "No sabes de quién estoy hablando, verdad?" Pregunta Angela. "Esta es Angela, te suena?" Pregunta Angela. "Conozco tu sucio secreto, y si no se lo dices a Mauricio, lo haré yo." Exige Ángela.

El corazón de Linda se detiene y no puede respirar. La sensación de que el mundo se desmorona la abruma. "Por favor!" Suplica Linda. "Te lo ruego, no se lo digas. Se lo voy a decir, lo juro, sólo..." Continúa Linda. "Por qué cojones tardas tanto?" Interrumpe Ángela. "Mauricio es un buen hombre y se merece algo mejor que eso. Mejor que tú y lo sabes." Grita Angela.

Linda comienza a sollozar mientras le da la razón a Angela. "Puedes reunirte conmigo para que podamos hablar? Por favor? Quiero intentar explicarme." Pide Linda entre lágrimas. " Que no hijua de la gran puta!" Exclama Angila. "me reuno contigo y me encuentro desaparecido. Sé lo despiadadas que sois las zorras cazafortunas." Continúa Angela.

"Lo prometo, esto no es un truco." Explica Linda. "Sólo reúnete conmigo en el patio de comidas de Franklin Mills, por favor." Suplica Linda. "Bien." Responde Angela. "Te veré en veinte, pero si es un truco, te prometo que te mataré primero." Dice Angela antes de colgar a Linda.

Frenética, Linda trata de encontrar una forma de evitar que Ángela la descubra hasta que pueda decírselo ella misma a Mauricio. Rápidamente, se sube a su coche y se dirige al centro comercial para enfrentarse a Ángela.

Temblando incontroladamente e incapaz de mantenerse quieta, Linda está al borde de las lágrimas y utiliza toda la paciencia que tiene para sentarse y esperar la llegada de Angela.

Enfurecida, Ángela irrumpe como un tornado en la entrada del patio de comidas. Rápidamente se dirige a la zona de asientos y enseguida ve a Linda. Al acercarse, Angela no puede evitar pensar en lo bonito que es el traje de Linda, pero ese pensamiento se aleja violentamente cuando llega a la mesa. "PUTA, QUIÉN COÑO TE CREES QUE ERES!" Grita Angela atrayendo la atención de otros clientes. "TU ERES UNA DESCARADA POR LO QUE LE HACES A MI PRIMA!" Continúa Angela. "Por favor, cálmate." Dice Linda en un susurro. "Estás haciendo una escena. Si te sientas, yo..." Dice Linda. "Que mi importa una escena!" Interrumpe Angela. "Todavía no has visto como soy todavia. No tengo que joderte, verdad?" Exige Angela todavía gritando y haciendo una escena. "Por favor, dime que no vas a confesar!" Pregunta Angela de manera sarcástica.

"Sí, se lo diré." Responde Linda. "Ahora, por favor, puedes sentarte?" Continúa Linda. Angela calma sus nervios lo suficiente como para sentarse. "Más vale que no estés mintiendo." Amenaza Angela. "Porque si lo estás..." Continúa Ángela "Lo prometo, lo prometo, se lo voy a decir." Exclama Linda. "Pero cómo sabías que era yo la que estaba en el club?" Pregunta Linda. "El estilo de pelo que te hice." Revela Angela. "Me acuerdo de todos los peinados que hago." Dice Ángela con total naturalidad. "Maldita sea, eres buena." Dice Linda asombrada. "Mira, no estoy aquí para bochinchar." Explica Angela. "Tienes una semana para confesar o te sacaré el gato de la bolsa." Amenaza Angela.

Dicho esto, Angela se levanta y se marcha dejando a Linda sentada, aturdida e incapaz de respirar. Linda se pone las gafas de sol para intentar disimular las lágrimas que brotan de sus ojos como una cascada. Intenta encontrar la puerta de salida más cercana y sale del centro comercial.

Ahora, Linda tiene que pensar cómo diablos va a decirle al hombre del que se ha enamorado que le ha estado mintiendo todo el tiempo que han estado juntos. "Maldita sea, la cosa no puede ser peor." Piensa Linda para sí misma. Pero no sabe que las cosas para ella están a punto de empeorar.

Los hombres de Chico la esperan en su apartamento y es sólo cuestión de tiempo que se vea envuelta en un suceso que cambiará su vida para siempre. Ella entra en su casa y no se da cuenta de que hay un coche con dos hombres aparcados frente a su apartamento. Sale del coche y corre hacia su apartamento sin prestar atención a nada de lo que la rodea.

Los hombres de Chico no tardan en actuar. Uno se acerca a la ventana para inspeccionar la escena en el interior y el otro se dirige al cubo de la basura para obtener información. El hombre con el detalle de la basura encuentra rápidamente algo de correo viejo y se retira al coche con el otro tipo a cuestas. "He encontrado un correo viejo." Explica el hombre mientras lo lee. "Linda Arroyo y Stacia Peters, la otra puta debe ser su compañera de piso." Continúa el secuaz de Chico.

Cerrando la puerta tras de ella, Linda corre a su asiento fiel, su La-Z-Boy, y se deja caer aún llorando a mares. Stacia oye la puerta y grita desde la cocina: "Eres tú, Mami?" Al no obtener respuesta, va a investigar. Se acerca al salón y ve a Linda llorando. "Ahi Mami, qué ha pasado?"

Linda le cuenta el escenario a su amiga de principio a fin. "Ahi mami." Consuela Stacia. "Todo va a salir bien. Sé que las cosas se van a solucionar. Ya verás." Continúa Stacia. "No puedo perderlo." Solloza Linda, "Lo amo." Continúa Linda. "Maldita sea, mamá, te pego los cuernos asi?" Pregunta Stacia. "Quiero decir, sólo lo conoces desde hace un minuto." Continúa Stacia. "Es diferente." Explica Linda. "Hay algo en él, realmente no puedo explicarlo." Continúa Linda. "Bueno ma, ya sabes lo que tienes que hacer." Responde Stacia. "Piénsalo así, te sentirás mejor una vez que te quites eso de encima." Continúa Stacia. "No tendrás que seguir mintiendo, y de verdad, tienes que meter ese culo en la ducha, vamos a llegar tarde al trabajo." Dice Stacia.

"Mierda sea, casi se me olvido!" Exclama Linda saliendo disparada de la silla de camino a su habitación. "Oh, una cosa más." Dice Stacia. "Te lo dije." Continúa Stacia burlándose de Linda. "Cállate." Responde Linda con desprecio. "Este no es el momento."

CAPITULO 18:

Vigilancia
(Patrullando al sospechoso)

Con veinte minutos de retraso, Linda entra rápidamente en el club y se prepara para trabajar.

Los dos sicario que Chico envió para vigilar a Linda también entran en el club. "Maldita sea, esta perra es una stripper." Le dice un sicario al otro. "Este típo sí que sabe elegirlas, llama a Chico y ponle al corriente." Continúa el sicario.

Tras colgar el teléfono con Chico, los hombres reciben instrucciones de seguir todos los movimientos de Linda. Así que toman un lugar en el bar y esperan pacientemente.

Un hombre llama a gritos al camarero y pide dos Heinekens mientras "Pop, Lock, and Drop It" empieza a sonar por los altavoces. El olor a humo y sudor es muy penetrante en el aire mientras los hombres buscan a su objetivo en medio de todo el alboroto.

"Yo, todas estas chicas usando máscaras." Comenta el sicario #1 al otro. "Cómo se supone que vamos a encontrar a esta perra?" Continúa el sicario #1. "Sí, no has visto el gran cartel de fuera?" Comenta el sicario #2. "Sí, pero pensé que era sólo para el cartel." Responde el sicario #1 "Na, esto es, ese es el truco. Vienes aquí y las mujeres serán lo que tú quieras que sean." Continúa el sicario #2. "Todo es parte de la fantasía, pero no te tropieces, puedo ver a esa perra en cualquier lugar llevando cualquier disfraz." Dice el sicario # 2 con total naturalidad. "Muy bien, avísame cuando la veas." Responde el sicario # 1.

Minutos después, Linda sale del camerino y entra en la pista principal del club. Se acerca a la cabina del DJ, le saluda y examina la sala.

"Mira a tu derecha junto a la cabina del DJ." Instruye al sicario #2. "Esa es ella, allí." Continúa el sicario #2. "Ah, sí." Responde el sicario #1. "*Es* ella. Maldita sea, prácticamente no tiene nada puesto y está muy buena, no puedo esperar a raspar eso." Dice el sicario #1.

A Linda le encanta que el club esté ocupado, le asegura que es una buena noche para las monedas importantes. Sigue escudriñando la escena y se fija en los dos hombres que están en la barra bebiendo Heinekens, la bebida del dinero. Para las bailarinas, si estos tipos pueden venir aquí y pagar las botellas verdes de alto precio, entonces tienen dinero para gastar. Se acerca lentamente a la barra, moviendo las caderas seductoramente a cada paso.

"Hola papi, quieres un baile?" Pregunta Linda con una voz seductoramente inocente. "Sí, eso suena muy bien, pero..." Dice el sicario # 1. "Qué tal un baile privado?" Interrumpe Linda mientras aprieta su suave cuerpo contra el hombre y le susurra al oído. "Eso suena como un plan." Responde el sicario #1. "Pero como estaba tratando de decir, es el cumpleaños de mi primo y me preguntaba si podrías encontrarle una joya como tú para que le baile." Continúa el sicario #1.

"Bueno, feliz cumple papi!" Exclama Linda al sicario #2. Se acerca para susurrarle al oído y aprieta su cuerpo contra el de él: "Aquí, déjame darte un pequeño regalo de cumpleaños." Le coge la mano y la desliza por debajo de la tela que cubre uno de sus pechos, dejándole que le acaricie el pezón. "Dale, vosotros dos, esperad aquí, ahora vuelvo." Linda da instrucciones a los dos hombres.

Linda se pierde en el mar de clientes y bailarines y emerge minutos después con otra bailarina. La mujer es tan gruesa como ella, pero un poco más oscura y perfecta en todos los lugares correctos. "Esta es Jade." Dice Linda haciendo las presentaciones. "Bueno, la llamamos Jade por sus ojos, es tu sorpresa de cumpleaños. Espero que disfrutes." Dice Linda seductoramente.

Linda agarra al primer sicario de la mano y lo escolta a través del mismo mar de gente por el que acaba de llegar a El Cielo, con Jade y el niño del cumpleaños a cuestas.

El Cielo es el lugar donde se celebran todas las fiestas privadas, el ambiente cambia por completo una vez que se entra en esta sala. La alfombra es de dos pulgadas de pelusa blanca; las paredes son de tela de felpa (como las nubes) desde el suelo hasta el techo. El ambiente realmente te hace sentir como si estuvieras en el cielo. Al adentrarse en la sala, el fuerte ruido de la discoteca se silencia. A través de los altavoces, colocados de forma intrincada, se escucha una música de lo más extraña. Las habitaciones están separadas para que la fiesta sea privada, pero sigue teniendo una sensación de apertura capaz de celebrar una gran fiesta.

Jade se lleva al cumpleañero a una esquina, mientras Linda se lleva al otro hombre a otra habitación. "Puedo hacerte una pregunta?" Le pregunta el sicario #1 a Linda mientras ella comienza su seductor baile erótico. "Antes de que preguntes." Interrumpe Linda. "No hago favores especiales, sólo bailes." Linda continúa. "No, esa no es mi pregunta." Responde el sicario #1. "Oh, bueno en ese caso, pregunta." Dice Linda seductoramente. "Por qué las máscaras?" Pregunta el sicario #1, como si no lo supiera ya. "Oh, eso es fácil, es más erótico para los hombres." Responde Linda. "Es una sensación de misterio o un tabú, todo forma parte de la fantasía." Continúa Linda. "Eres feo?" Le dice el sacario #1, sabiendo que va a conseguir que Linda se levante. Linda se detiene y le mira sin poder creer que le haya preguntado eso. "Sólo lo digo." Continúa el sicario #1. "Por qué ocultar tu cara, quiero ver si la cara coincide con el cuerpo." Continúa el sicario #1.

Muy irritada, Linda continúa su baile a regañadientes. "Créeme, coincide y mucho más." Responde Linda con su bonita e irritada voz. "Sabes que, casi te doy una abofetea." Dice Linda. "Sí, lo sé." Responde el sicario #1 con una sonrisa en la cara. "Pero soy conocido por hablar con franqueza." Continúa el sicario #1. "Sí, de eso no hay duda." Responde Linda poniendo los ojos en blanco bajo la máscara.

"Tengo una pregunta más." Dice el sicario #1. "Hagamos un baile silencioso, ¿quieres?" Insiste Linda. "Confía en mí, esta te interesará. Sólo quiero saber si haces fiestas privadas." Continúa el sicario #1. "Dale, ahora estás hablando más a mi ritmo. Sí, lo hago, y se aplican las mismas reglas." Responde Linda más interesada con esta conversación. "La única excepción es que me desnudaré." Continua Linda mientras aplasta sus pechos en la cara del hombre.

"Bueno, la razón por la que lo pregunto es porque se acerca el cumpleaños de mi tío y le encantaría." Dice el sicario #1. "ahi bendito." Responde Linda. "Cuántos años va a cumplir?" pregunta Linda. "Cuarenta y nueve." Responde el sicario #1. "Maldita sea, tu tío es joven." Responde Linda. "Toma, déjame tu número de teléfono." Dice el sicario #1 sacando su teléfono del bolsillo.

Linda deja de bailar, se sienta en el regazo del hombre y programa su número de teléfono en el suyo. "Llámame cuando estés listo para prepararlo." Le dice Linda. "Oh, definitivamente lo haré mami." Responde el sicario #1. "Dale, ahora siento decirlo, pero desgraciadamente se nos ha acabado el tiempo." Dice Linda bajando del regazo del hombre. "Pero puedes pagar por algo más de tiempo si quieres." Dice Linda tratando de vender. "Creo que paso." Responde el sicario #1. "No creo que pueda aguantar otro baile sin poder tocarte." Continúa el sicario #1. "Tienes un cuerpo muy bonito; me gustaría saber cómo es tu cara." Dice el sicario #1 Intentando una vez más que Linda se quite la máscara.

"Gracias por el cumplido papi." Responde Linda. "Pero lo siento, las reglas son las reglas. No puedo quitarme la máscara." Responde Linda mientras sale de El Cielo.

Detrás de Linda, Jade y el otro hombre están terminando su baile privado también. Mientras todos regresan al club, el sicario #1 grita al sicario #2 que vaya más despacio. Linda y Jade inmediatamente vuelven al modo de trabajo mientras los dos hombres se dirigen al bar.

El segundo sicario vigila a Linda mientras el primero envía un mensaje de texto con el número que Linda le dio a su técnico para que lo analice. Sin perder el tiempo, el hombre llama a Chico con un informe.

Muy contento, Chico le dice que vaya a su casa y la espere. Una vez que la cogen, la quiere de vuelta en su oficina. "Ahora mismo estoy volviendo." Dice Chico: "Pero nadie sabes ni lo van a saber, me oyes!" Exige Chico.

Sin mediar palabra, el hombre se dirige a la puerta de salida. Sabiendo que el plan está en marcha, no pierde tiempo para conseguir una buena posición en el condominio de Linda y esperar su llegada.

CAPITULO 19:

Compromisos antagónicos primera parte (encuentro hostil primera parte, el arrebato)

En la oscuridad, los dos sicario de Chico se ponen sus capuchas negras y sus pasamontañas. Salen del coche y se dirigen en distintas direcciones hacia el apartamento de Linda. Silenciosos como ninjas, entran en el apartamento. Desde sus posiciones, comienzan la tarea de despejar todas las habitaciones del primer piso.

Se reúnen en la escalera y, sin mediar palabra, ascienden al segundo piso lentamente y en silencio. El primer sicario hace una señal con la mano al segundo. Una vez que llegan a lo alto de la escalera, el primer sicario se dirige a la derecha y el otro a la izquierda. Empiezan a terminar de despejar el resto de las habitaciones hasta que ambos oyen gritar a una mujer en una de ellas: "Me vengo papi (papá) oh-ohhhh yeaaaaaah!"

Se detienen un segundo y el primer sicario le hace otra señal con la mano al otro. Continúan despejando las otras habitaciones y se reúnen al otro lado de la puerta donde escucharon a la mujer.

El primer sicario empuja ligeramente la puerta lo suficiente para que puedan entrar en la habitación, se mueven silenciosamente en la habitación, literalmente se convierten en parte de la habitación. Al entrar, son testigos de cómo una mujer, que suponen es la compañera de piso, esta chicanado por detrás por un tipo con cola de caballo.

Permanecen en silencio disfrutando del espectáculo hasta que la pareja en la cama cambia de posición. Stacia abre los ojos de cara a la puerta y jura que puede ver figuras en las sombras.

En lugar de asustarse, se excita más: "Por qué no le dices a tus amigos que juegan con nosotros?" Gime Stacia a Rico. Los dos hombres se miran a través de la oscuridad, "Qué amigos?" Responde Rico confundido. "Ellos alfrente de la..." fue todo lo que Stacia pudo sacar antes de que los dos hombres salieran de las sombras, pistola en mano. "Ahhh!" Grita Stacia.

Rico hace un intento de valentía y trata de levantarse para enfrentarse a los hombres, pero se encuentra con una bala en la cabeza. Stacia empieza a asustarse y a gritar más fuerte hasta que uno de los hombres le pega con el fondillo de la pistola dejándola inconsciente.

Despertandose, Stacia se da cuenta de que no puede moverse. Cuando su visión se aclara, se da cuenta de que sigue en su habitación atada a una silla con cinta adhesiva en la boca: "Ahora escúchame." Dice el sicario #1. "Te quitaré la cinta de la boca, pero si gritas, haré que mi socio te golpee de nuevo." Stacia asiente con la cabeza en señal de comprensión y el hombre le quita la cinta de la boca lentamente para no hacerle daño.

Antes de que el hombre pueda volver a hablar, Stacia habla. Sollozando: "Por qué estás aquí?" Con calma, el hombre habla: "No estamos aquí por usted ma, nos enviaron por su compañera de cuarto." "Qué compañera de cuarto..." !Una bofetada! El segundo sicario la golpea antes de que pueda terminar su declaración. El primer sicario mira mal al otro antes de continuar su conversación con Stacia: "Vamos, mamá, crees que no he hecho mis deberes? Pero me gusta tu valentía." Continúa el sicario #1. "Te apunto con una pistola y sigues haciéndote el héroe." Comenta el sicario #2 riéndose.

La mente de Stacia empieza a correr. "Cuánto tiempo llevaban vigilando la casa? Por qué quieren a Linda?" Incapaz de controlar sus pensamientos erráticos, intenta concentrarse en los rasgos de los hombres. En lo que puede ver a través de la oscuridad, en sus complexiones y en todo lo que pueda servir para dar una descripción a la policía en caso de que se escape.

"Qué ha hecho mi amiga?" Pregunta Stacia tratando de dar sentido a la situación. "No discutamos los detalles." Responde el sicario #1. "Estás muy tranquilo." Comenta Stacia. "Debes hacer esto muchas veces." Continúa Stacia intentando que hablen. "Y qué hay de ti?" Stacia trata de atraer al otro hombre: "O hablas o no te dejan."

"Mira Stacia." Dice el sicario #2. "Él sabe mi nombre!" Piensa Stacia. "Qué tal si esperamos a Linda en silencio?" Ofrece el sicario #2. "O puedes reunirte con tu novio allí." Dice el sicario #1. "No era mi novio." Responde Stacia. Justo entonces, ella tiene una idea. "Sabes, mi amigo se irá por un tiempo." Comenta Stacia. "Por qué no ocupamos nuestro tiempo?" Dice Stacia seductoramente mientras abre las piernas exponiendo la chocha rosado.

"Eres una perra enferma." Dice el sicario #1. "Mi socio la acaba de disparar a tu compañero de juerga, tienes su sangre encima, y crees que te vamos a cojer?" Continúa el sicario #1. "Bueno, en mi defensa, todos ustedes interrumpieron mi locura y yo quiero la mía." Responde Stacia. "Además esto es mejor: dos por el precio de uno." Continúa Stacia.

"Eso es enfermizo, mamá." Dice el sicario #1. "Me gusta la forma en que funciona tu mente, tratas de distraernos para tratar de escapar." Continúa el sicario #1. "Espera, mano." El sicario #2 interviene. "No voy a rechazar una chocha gratis. Que se joda, para eso están las duchas." Continúa el sicario #2.

El primer hombre se siente notablemente frustrado: "Está tratando de distraernos para poder escapar, no lo ves?" Dice el sicario #1 visiblemente irritado. "Tengo la pistola." Responde el sicario #2. "Cómo puede escapar?" Continúa el sicario #2. "Le aconsejo que no lo haga." Responde el sicario #1 mientras su frustración disminuye. "Pero no puedo detenerte. Pero te advierto: si intenta escapar, te mataré a ti primero." Advierte el sicario #1.

"Sabía que podías hablar." Insta a Stacia. "No le hagas caso, sólo quiero una polvo. Que ahi de malo?" Continúa Stacia tentando al hombre con su cuerpo.

El hombre corre y corta la cinta que tiene atadas las manos de Stacia. "Na ma, esa mierda no es un crimen, vamos a bailar." Dice el sicario #2. "Dale chica, el plan está funcionando." Piensa Stacia. Todo lo que Stacia puede pensar es en escapar para avisar a su amiga. Esperaba que los dos hombres picaran el anzuelo, pero el primero es todo un negocio. Se da cuenta de que no va a ceder, así que se llevará lo que pueda.

"Oye, sujétame mientras coja a esta perra rápidamente." Dice el sicario #2. "Espero que no sea demasiado rápido." Interviene Stacia en tono seductor mientras agarra el bicho del hombre. "Me decepcionas." Responde el sicario #1. "No cuentes conmigo para sujetarte, no te respeto." Continúa el sicario #1.

El segundo sicario se enfrenta al primero: "Maldito sea, qué coño te pasa? Ella es una puta nada mas." El sicario #2 Comenta. "Por eso está aquí, para que la raspamos." Continúa el sicario #2.

Stacia se da cuenta de la agitación y empieza a avivar la llama. "No le hagas caso papi, es gay de todas formas." Comenta Stacia. "Vas a dejar pasar esta chocha buena?" Continúa Stacia agachándose, abriendo el culo para mostrar su chocha. "Te tengo ma." Dice el sicario #2. "Volveremos en un minuto." Continúa el sicario #2.

EL AMOR ES NUESTRA MAGIA

El primer sicario suspira y se dirige a la ventana para esperar la llegada de Linda. "No puedo soportar esta falta de profesionalidad." Piensa el sicario #1 para sí mismo: "A la primera oportunidad que tenga, tengo que deshacerme de este payaso."

Una vez que Stacia y el hombre llegan al baño, Stacia le insta a que la deje usar la ducha: "Déjame lavar esta sangre primero. Quiero ver tu bicho gigante". Continúa Stacia.

Mientras Stacia se mete en la ducha, el hombre intenta desnudarse con la pistola en la mano. Al no conseguirlo, decide esconderla por si Stacia intenta alguna locura.

Durante todo el tiempo que el hombre intenta desnudarse, Stacia le observa de reojo. Se da cuenta de que decide esconder la pistola y ve su escondite.

Después de que el hombre se desvista con éxito, se mete en la ducha con Stacia. Acercando a Stacia. Acaricia excitadamente sus pechos, pero antes de que pueda ir más lejos, Stacia hace su movimiento.

"Espera papi, baja la velocidad y déjame orinar primero." Insta a Stacia. "Adelante, mea aquí en la ducha." Le ordena el sicario #2. "Qué asco!" Responde Stacia. "Es aquí o nada." Responde el sicario #2. "Vamos perra, no tengo toda la noche." Continua el sicario #2 mientras su frustración aumenta. "Ahi papi (papá), confía en mí." Dice Stacia tratando de tranquilizarlo. "No voy a intentar nada, sólo que no puedo orinar en la ducha." Continúa Stacia. "Dame un segundo para hacer esto, y luego dejaré que me cojes." Stacia tranquiliza al hombre.

El hombre no pierde el tiempo. "Date prisa y te vigilaré." Comenta el sicario #2 con una creciente erección que coincide con su frustración.

Stacia sale de la ducha y actúa como si estuviera a punto de sentarse en el inodoro. "Ya sabes lo que puedes hacer por papi."

Dice Stacia. "Acaricia ese bicho para mí, quiero ver cómo se pone más dura." Comentarios Stacia.

Mientras el hombre se lleva la mano a la bicho, Stacia se abalanza hacia la pistola del hombre. En un rápido movimiento, la coge, gira hacia la ducha, apunta y dispara dos veces al hombre en el pecho.

Sin dejar de acariciarse la bicho, el hombre está en estado de shock. Jadea y trata de lanzarse hacia Stacia, pero cae al suelo.

Aturdida por haber acabado con la vida de un hombre, Stacia se olvida por completo del otro hombre que está abajo. Cuando vuelve a la realidad, es demasiado tarde; el otro hombre ya está detrás de ella apuntándole con su pistola a la cabeza. "Baja la pistola." Le dice el sicario #1 con calma. "Por favor, no me mates." Suplica Stacia histéricamente. "Haré lo que quieras." Dice el sacario #1 calmado todavia.

"Cállate!" Exige el sicario #1. "Sabes que esto cambia todo, verdad?" Continúa el sicario #1. "Espera, ahora podemos chicar." Responde Stacia, aún haciendo lo necesario para mantenerse con vida. "Quieres chichar conmigo, no?" Stacia sigue insistiendo al hombre.

"Calleta Puñeta!" Grita el sicario #1 mostrando más frustración. "Si antes no quería rasparte, qué te hace pensar que quiero hacerlo ahora?" Continúa el sicario #1.

"Sin embargo, voy a hacerte un favor." El hombre continúa. "No estoy aquí por ti, y no me gustan los cuerpos al azar, no es mi estilo." Dice el hombre. "Mi socio, en cambio, es un poco pistola feliz como ya puede ver con su amigo." Dice el hombre señalando la habitación donde yace el cuerpo de Rico. "Te voy a dejar ir, 1: porque de todas formas no me gustaba mi socio. 2: me gusta tu corazón." Comenta el hombre. "Definitivamente tienes potencial como asesina, por favor ponte algo de ropa; tenemos que esperar a tu amigo." Continúa el hombre. "Gracias, gracias, prometo comportarme." Responde Stacia, aliviada.

De vuelta al club, Linda se sienta por primera vez en toda la noche. "Maldita sea, estos zapatos me duelen mucho los pies." Piensa Linda mientras se frota los pies doloridos. Coge su teléfono para comprobar sus mensajes y llamadas perdidas. "Maldita sea, ha llamado Mauricio." Dice Linda en su cabeza. Linda se pone rápidamente el chándal y las zapatillas de deporte, se despide de las otras chicas y hace una carrera loca hacia su coche.

Al salir del aparcamiento, Linda vuelve a llamar a Mauricio. "Por favor, contesta, contesta." Dice Linda en voz baja. "Hola mami, estás bien?" Pregunta Mauricio contestando rápidamente el teléfono. "Sí, lo siento. Estaba en la biblioteca estudiando y me quedé dormida." Responde Linda. "Coño mamá, he estado muy preocupada. He llamado a todas partes: a las comisarías, a los hospitales, a todas partes." Comenta Mauricio.

"Aww, estabas preocupado por mí?" Responde Linda, sintiéndose mal por seguir mintiendo a Mauricio. "Eso es muy dulce. Qué tal si voy y te muestro lo agradecida que estoy?" Ofrece Linda. "Bueno, no sé." Responde Mauricio con sarcasmo. "Ya es tarde y tengo un día temprano." Continúa Mauricio.

"Qué tal si vengo a arroparte y te leo un cuento para dormir?" Sugiere Linda. "Bueno, está bien." Responde Mauricio. "Te espero." Continúa Mauricio. "Dale, dame treinta minutos. Tengo que pasar por casa un Segundo." Responde Linda. "Nos vemos en treinta ma." Responde Mauricio con emoción en su voz. "Es una cita papi, chao." Responde Linda sonriendo todo el tiempo.

Al llegar a su apartamento, Linda apenas aparca el coche antes de entrar corriendo en la casa. "Tengo que quitarme este olor antes de ver a Mauricio." Linda piensa para sí misma. "Stacia, dónde estás, mamá?" Grita Linda cuando entra por la puerta. "Por qué no..." es todo lo que dice antes de que sus ojos sean testigos de lo que ocurre en el salón.

Stacia está sentada en medio de la sala de estar, atada con cinta adhesiva a una silla de pies a cabeza. "Maldita sea chica." Comenta Linda. "Justo cuando pensaba que lo había visto todo, eres una perra rara." Comenta Linda mientras sacude la cabeza. "Cuando empiezas a hacer sadomasoquismo?" Continúa Linda.

De repente, sin previo aviso, Linda siente que algo le golpea en la cabeza por detrás y se desmaya.

El sicario de Chico coge su teléfono y hace una foto del cuerpo inconsciente de Linda. Se la envía a Chico y continúa su misión. El hombre levanta a Linda del suelo, se la echa al hombro y comienza a dirigirse a su coche. Antes de dar cinco pasos, se da la vuelta, mira a Stacia a los ojos, le agradece su hospitalidad y continúa hacia la puerta.

Antes de que el hombre pueda llegar a la puerta, Stacia empieza a patalear y a gritar a través de la cinta. El hombre se detiene, se da la vuelta y mira fijamente a Stacia. Stacia le insta con sus ojos y su lenguaje corporal a que se quite la cinta de la boca. El hombre suspira frustrado, deja a Linda en el vestíbulo y se acerca a Stacia.

Una vez que el hombre llega a Stacia, agarra la cinta adhesiva que cubre su boca y, sin dudarlo, se la quita de golpe. "Más vale que esto sea importante." Dice el hombre. Stacia grita por el dolor de la cinta que le arranca la carne. "No me dejes así." Suplica Stacia. "Desátame, por favor." Stacia sigue suplicando. "Si te desato, tengo que llevarte conmigo." Responde el hombre. "Hazte un favor: quédate en el asiento hasta que me vaya. Sé que puedes salir de la cinta por tu cuenta." Continúa el hombre.

"Llévame contigo entonces." Responde Stacia. "No me importa. Además, sé cómo eres. Puedo ir fácilmente a la policía." Amenaza

Stacia. "Tienes razón." Considera el hombre. Sin previo aviso, el hombre golpea a Stacia en la cabeza con su pistola.

"Maldita sea, ahora tengo que subir el coche para meter a estas dos tipas." El hombre se queja para sí mismo. No queriendo dudar más, el hombre se escabulle del condominio y acerca el coche a la puerta principal tanto como puede. De vuelta al apartamento, coge a Linda y vuelve a salir por la puerta. El hombre la mete en el asiento trasero y la cubre con una manta que había preparado. De vuelta al apartamento, el hombre saca su navaja y corta a Stacia de la silla. La arroja sobre sus hombros. "Maldita sea, por qué esta chica no se puso ropa?" Se pregunta el hombre. Se dirige a su coche, abre el maletero y la mete dentro con cuidado cerrando el maletero.

De vuelta a la carretera, el hombre llega al lugar de Chico en veinte minutos. Desde el aparcamiento, llama a Chico. "Yo estoy aquí, haz la llamada". Dice el hombre en el auricular.

Sin dudarlo, Chico marca el número de Mauricio. "Bueno, el hijo pródigo regresa." Bromea Mauricio. "Yo estaba pensando cuando iba a recibir esta llamada. Estás divirtiéndote?" Continúa Mauricio. "Eso no es importante." Responde Chico con arrogancia. "Yo te tengo otro trabajo." Sigue Chico.

"Oye Mama bicho, no te dije que no soy tu marioneta." Responde Mauricio. Chico se ríe: "Chequea la foto que te mando."

Mauricio suspira con impaciencia mientras recupera la foto. Tarda unos segundos en darse cuenta de lo que está mirando, y entonces se fija en el rostro de la mujer. A Mauricio se le desploma el corazón y la adrenalina empieza a correr por sus venas cuando se da cuenta de la gravedad de la situación. "Qué haces con ella?" Pregunta un nervioso Mauricio. "Ahora tengo tu atención?" Pregunta Chico. "Reconsidere mi petición si quieres ver a tu puta preciosa." Dice Chico, dando un ultimátum a Mauricio. "Te voy a matar." Responde Mauricio enfurecido. "Promesas, promesas, tú sabes que yo siempre gano. " Responde Chico siniestramente.

"¿Qué quieres que yo aga?" Pregunta Mauricio sintiéndose derrotado. "Así es, baila por mi marioneta!" Antagoniza Chico. "Chequea me en la tienda latino y te doy los detalles." Continúa Chico.

Sin decir nada más, Chico cuelga y lo único que puede oír Mauricio es la risa de Chico hasta que la línea se corta.

CAPITULO 20:

Desviación devastadora (giro perturbador de los acontecimientos)

En un estado frenético, Mauricio se viste rápidamente, se sube a su coche y le tira a Dre poniendolo al dia del giro de los acontecimientos. Luego llama a Roc y a la Honey B's, que ha salido a pasar la noche en la ciudad. Todos dejan lo que están haciendo y se dirigen al estudio de Mauricio donde éste les pidió que se reunieran con él.

Antes de dirigirse al estudio, Mauricio les pide que le den una hora para reunirse con Chico y conocer los detalles de su misión. Durante todo el trayecto hasta la casa de Chico, su mente se acelera. "Cuánto tiempo lleva siguiéndola, por qué la involucré en mi vida." A partir de ese momento, jura salvar a Linda, aunque signifique su vida por la de ella.

Cuando por fin llega al punto de Chico, entra en los ascensores y se da cuenta de que los dos sicario armados de antes ya no están. Al descender en el ascensor, Mauricio pone su cara de juego. "Es hora de ir a trabajar papi." Se dice a sí mismo.

Por fin, al llegar al final, las puertas se abren y dos hombres gigante sacan a Mauricio del ascensor, lo cachean y lo conducen por el pasillo.

Al acercarse al despacho de Chico, en la última habitación del pasillo Mauricio mira y al instante le hierve la sangre. Dos de los sicario de Chico le están echando un polvo a Linda, mientras otros dos tienen a otra mujer en la cama de al lado.

Mauricio quiere apartar la vista de la horrible escena, pero se obliga a mirar para poder analizar la escena. El terror en los ojos de Linda es evidente, pero está tan dolorida que no se da cuenta de que Mauricio está en el pasillo. Él mira a la otra mujer y se da cuenta de que no está sufriendo; al contrario, está disfrutando.

El cuerpo de Mauricio empieza a temblar mientras agarra el pomo de la puerta del despacho de Chico. "Saludos, estoy alegre que tu llegaste." Le dice Chico a Mauricio mientras atraviesa el umbral de su despacho. "Viste el show a fuera?" Continúa Chico. "Voy a hacer una película pornográfica." Dice Chico con una sonrisa maliciosa. "lo voy a llamar putita sucia." Continúa Chico mostrando una sonrisa de satisfacción por el nombre elegido.

Lleno de rabia, Mauricio se lanza contra Chico agarrándolo por el cuello. De repente, por detrás de él, oye el sonido de una pistola y luego siente que le aprieta la nuca.

"Calmate hombre." Instruye a Chico. "Te voy a dar una copia gratis." Dice Chico continuando con la burla a Mauricio. "Te juro, te voy a matar." Gruñe Mauricio con los dientes apretados. "Ahi, ahi." Responde Chico. "Como vas a hablar a tu nuevo jefe así." Continúa Chico. "Rapheal sabe de tu intenciones?" Pregunta Mauricio. "Que tu lo vas a matar." Continúa Mauricio. "Ahi, eso no es cierto, tu lo vas a matar por mi." Responde Chico. "Tú sabes que no estoy aquí. Mas, yo no me ensusio los manos." Continúa Chico.

"Tu vas a hacer la guerra con el, en el proceso tu mueres tambien." Dice Chico riendo. "Es ganar dos veses, no cres." Continúa Chico.

"Pero si por casualidad tu sale vivo, te devuelvo tu China preciosa y la amiga de ella también." Continúa Chico. "Aunque al mirar, se ve que no se quiere ir." Dice Chico señalando la cámara de su mesa.

"Así que esa es la amiga de Linda." Piensa Mauricio. "Esto se está poniendo pesado. No puedo defraudarlos." Continúa Mauricio en su cabeza ignorando a Chico. "Chico, te lo voy a decir una sola vez." Susurra Mauricio poniéndose cara a cara con Chico. "Si me cruzas me vas a ver." Continúa Mauricio con los dientes apretados. "Yo tengo confianza que tu no vas a vivir después de esto." Chico asegura a Mauricio. "Te voy a mandar a Chino contigo, el me va a asegurar que tu aga lo que yo pido." Continúa Chico.

Mauricio sale del despacho de Chico con Chino a cuestas. Chino se apresura a advertir a Mauricio que no golpee el cristal para intentar comunicarse con Linda: "Los hombres de dentro tienen órdenes estrictas de dejar a las dos mujeres sin sentido si oyen golpes en el cristal." "No quieres eso, verdad?" Pregunta Chino.

Frustrado, Mauricio pasa por delante de la habitación con las dos mujeres y se dirige directamente al ascensor. Chino sigue cada uno de sus movimientos, decidido a seguir al pie de la letra las órdenes de Chico.

En el ascensor, Chino se coloca detrás de Mauricio. Pistola en mano, junta las manos delante de él y observa a Mauricio como un halcón.

Mauricio se detiene para evaluar su entorno y sus posibilidades. Una vez que ha trazado un plan, se pone en marcha. Mauricio gira y golpea a Chino en la barbilla antes de que pueda levantar su arma. El disparo aturde a Chino y lo separa de su arma. Rápidamente, Chino se recompone y se enfrenta a Mauricio con un apretón de manos.

Con todo su extenso entrenamiento, Mauricio es capaz de colocarse detrás de Chino, poniéndolo en una posición de asfixia. Lo mantiene en esta posición hasta que el cuerpo de Chino queda inerte en sus brazos.

El ascensor suena en el último piso y Mauricio suelta a Chino, dejando que su cuerpo sin vida caiga al suelo. Coge la pistola de Chino y se dirige a su coche. Mauricio sale del aparcamiento y se dirige a su estudio para reunirse con el resto del equipo.

En el estudio, Mauricio ve que Dre, Roc y los Honey B ya están allí. Mauricio salta y saluda a todos: "Gracias a todos por venir. Tenemos un problema. Vamos a hablar adentro."

Mauricio comienza a caminar hacia el lado norte del edificio en lugar de la puerta principal. Esto confunde al equipo de Mauricio: "Mira pendejo, la puerta principal está aquí." Señala a Dre. "Sígueme, no vamos a pasar por la puerta principal." Responde Mauricio.

Todos siguen a Mauricio a mitad de camino por la pared lateral norte. Mauricio hace un gesto con la muñeca hacia un ladrillo de aspecto inusual. Todos oyen un *pitido* y entonces se abre una puerta en medio de la pared. "Qué Diablo!" Jadea Dre con la boca abierta. "Cabron, sabías que esto estaba aquí?" Pregunta Dre. "Lo mandé construir cuando compré el edificio." Responde Mauricio.

Mauricio abre la puerta para que todos puedan entrar. Una vez que Mauricio entra en la sala oscura detrás de todos los demás, todo en la sala cobra vida gracias al implante de biometría en el reloj de Mauricio. El panel de control central se ilumina como un árbol de Navidad, con pitidos y destellos en cascada.

Las luces de todas las habitaciones adyacentes iluminan los dormitorios y lo que parece ser una armería. Mauricio está sentado en el panel de control ajustando las cámaras para obtener un buen perímetro del edificio.

Sentado en su silla, Mauricio intenta comprender la situación. En silencio, se sienta a contemplar qué hacer, hasta que recuerda que no está solo: "Lo siento, casi me olvido de que estáis aquí." Se disculpa Mauricio.

"Entonces, qué es lo que pasa? Pregunta Roc. "Tienes que hacer otro viaje?" Dice Dre. "No, es un poco más complicado que eso." Responde Mauricio. "Tenemos que acabar con el jefe de la P.R.M." Continúa Mauricio. "QUÉ QUÉ?!" Dice la tripulación al unísono. "Estás jugando, verdad?" Pregunta Dre. "No, ojalá lo hiciera." Responde Mauricio. "¿Cómo carajo vas a llegar a la cima de la P.R.M?" Pregunta Escarlata. "Como que lo conozco personalmente." Responde Mauricio. "Ah, dale." dice Escarlata.

"Por qué?" Pregunta Dre. "Por qué El?" Continúa Dre con incredulidad. "Chico tiene a Linda y a una de sus amigas como rehenes." Responde Mauricio. "Maldita sea!" Suspira Dre. "Para los que no lo saben." Anuncia Mauricio. "Linda es una mujer con la que he salido recientemente. Chico es la mano derecha del hombre que debemos matar, y me dijo que si no le traigo la cabeza de su jefe, matará a Linda y a su amiga." Continúa Mauricio con pesar en su voz. "Oh bueno, si eso es todo entonces." Dice Roc con sarcasmo. "Diablo, no me puedo creer que mi chico haya salido así." Comenta Roc. "Na cabron." Interviene Dre girándose para mirar a los ojos de Mauricio. "Es el amor. Te cubro la espalda primo, estoy abajo." Continúa Dre. "Sí, a la mierda. Estoy en ello." Vuelve Roc haciendo una extraña figura de cuello de ganso con su mano. "Si es amor, es amor." Continua Roc. "Goose" Dice Roc sin ton ni son.

Mauricio comienza a exponer el plan que ha estado contemplando y pregunta a su tripulación si tienen alguna aportación.

Antes de que comiencen los preparativos para la guerra, Mauricio habla: "Mira, antes de separarnos, sólo quiero decirles lo mucho que aprecio que arriesguen sus vidas por mí." "Ah, cállate la boca." Interrumpe Roc. "Viejo sensible." Dre interviene justo detrás de Roc. "No, en serio." Responde Mauricio. "Sí, te tenemos." Dice Dre. "Eso no hace falta decirlo." Continúa Dre.

Ocupados en el trabajo, toda la tripulación empaca para la guerra. Bolsas y bolsas de armas y municiones comienzan a aparecer en la entrada de la sala secreta mientras la tripulación trabaja en silencio.

Mientras Mauricio comprueba su lista de suministros, suena su teléfono. El identificador de llamadas indica que es un teléfono público. De mala gana, Mauricio coge el teléfono. "Quien es?" Pregunta Mauricio. "Yo cabrón, soy Tony el flaco." Dice la persona que llama. "Mira Cabron, cuándo sales?" Pregunta Mauricio. "Me acaban de dejar en el P.O. , me dijiste que te tire cuando me cayera. Pues bien, me he dejado caer." Dice Tony riendose en el teléfono. "Maldita sea, es bueno saber de ti." Responde Mauricio. "Pero ahora no es un buen momento, la mierda está a punto de caer." Dice Mauricio. "Hermano, mierda es mi segundo nombre, cuál es la ciencia?" Dice Tony. "Nada cabron, acabas de salir." Responde Mauricio. "No quiero..." Mauricio empieza a decir.

"Mira canto de cabrón, no me faltes el respeto. Quiero entrar, así que ven a recogerme." Grita Tony a través del teléfono. "De acuerdo." Concede Mauricio. "Dónde estás?" Pregunta Mauricio. "Estoy en el Mickey D's, cerca de la oficina de correos. Tengo veinticinco dólares para quemar." Dice Tony.

Mauricio cuelga con una sonrisa en la cara: "parece que tenemos más ayuda." Dice Mauricio. "Quién coño era ese?" Pregunta Dre. "Recuerdas aquella vez que hice en la caja?" Responde Mauricio. "La que me hizo dejar el P.R.M.?" Continúa Mauricio. "Sí." Responde Dre. "Bueno, me enrollé con un boricua del Bronx, se llamaba Edwin. Pero todo el mundo lo conoce por Tony el flaco." Dice Mauricio. "Este tipo es flaco como un poste de luz y camina con un bastón, pero será el primero en decirte que no necesita el bastón. Este tipo sí que se pone de rodillas, así que le dije que me golpeara cuando se dejara caer." Continúa Mauricio.

"Yo, ya me gusta el tipo." Dice Roc. "El típo acaba de aterrizar y ya está intentando trabajar." Continúa Roc. "Podemos confiar en él?" Pregunta Dre. "Quiero decir, qué tan bien lo conoces?" Continúa Dre. "Ponlo así." Responde Mauricio. "Este tipo apuñaló a un tipo por mí, nos hicimos muy amigos después de eso, y yo respondo por él." Continúa Mauricio. "No hay más que decir." Responde Dre.

"Vamos a recogerlo." Dice Dre. "Dónde está?" Continúa Dre. Mauricio se ríe: "En el Mickey D's, junto a la oficina de correos, gastando su billete de autobús." Dice Mauricio. Todos comienzan a reírse.

Con los coches llenos, Mauricio comprueba su lista de comprobación mental para asegurarse de que los puntos están bien puestos. Finalmente, cuando Mauricio está satisfecho, salen con Mauricio en el coche principal, Roc y Dre en el centro, y los Honey B's en la retaguardia.

Cuando se acercan a la entrada del Mickey D's, todos se fijan en Tony al instante. Está sentado en una de las mesas de la acera con lo que parecen mil hamburguesas con queso. Mauricio aparca justo delante de la mesa mientras su equipo rodea el perímetro para comprobar la escena. Finalmente, aparcan en rincones separados del aparcamiento y se reúnen en la mesa de Tony.

"Yo, El carro esta cabron." Comentario de Tony a Mauricio. "Lo has hecho bien, joven saltamontes." Continúa Tony riendo.

Mauricio se echa a reír mientras se inclina para abrazar a su amigo: "Maldita sea, ha pasado mucho tiempo." Dice Mauricio. "Sí." Responde Tony hablando a través de la comida en su boca. "Pero ya sabes cómo es esto. La misma mierda, día tras día." Continúa Tony. "Te agradesco por todo hermano, en cerio." Dice Tony dejando la hamburguesa con queso. "Ya te dije que soy un hombre de palabra." Responde Mauricio. "Qué te dije hace tiempo? Si te haces amigo mío, tienes un amigo para toda la vida." Continúa Mauricio.

Tony se vuelve hacia los demás Lughing: "Este cabrón me lo recordaba al menos dos, tres veces por semana. Hermano, esa mierda se hace vieja." Dice Tony volviéndose a mirar a Mauricio sonriendo. "Dale maricon!" Dice Mauricio riendose. "Mira, deberíamos comer antes de salir." Sugiere Mauricio.

Antes de que nadie entre a pedir, Mauricio presenta a todos a Tony. Tras la presentación, Mauricio se queda fuera para informar a Tony sobre la misión mientras el resto de la tripulación entra a pedir sus comidas.

"Maldita sea, la P.R.M. eh?" Dice Tony. "Cuando vas, vas duro, eh? Y todo esto por una chica?" Continúa Tony. "Espero que ella valga la pena." Dice Tony con sinceridad. "La quiero flaco." Responde Mauricio. "Además, si no fuera por mí, ella no estaría en este lío." Continúa Mauricio. "Lo entiendo joven chapulín." Dice Tony bromeando. "Lo que necesitas cabron, yo te tengo." Continúa Tony.

De vuelta con la comida, todos se sientan a comer y a compartir una pequeña charla. De repente, Tony sale de la nada: "Maldita sea, las chicas están muy buenas, es duro de creer que sean del tipo de las que disparan. De verdad, es duro, Quieres ver? Bromea Tony.

Con esa afirmación, todos dejan de comer y miran a Tony con incomodidad: "Tienen que disculpar a Tony." Mauricio habla. "Es muy directo." Continúa Mauricio.

"No te preocupes, eso nos gusta." Responde Scarlet mientras Kitty mueve la cabeza en señal de acuerdo. Además, nos parece bonito." Continúan las chicas al unísono. "Cuidado mamis, pueden manejar a Tony?" Responde Tony. "Yo tengo mis dudas." Continúa Tony. "Bueno, solo hay una manera de averiguarlo." Las mujeres responden al unísono mirando a Tony seductoramente.

Después de más charlas, todos terminan su comida y se preparan para comenzar la misión. Todos ponen su cara de guerra y sincronizan sus relojes antes de separarse.

Mauricio abre su baúl y le ofrece a Tony un par de trajes de faena que ha traído para él, pero Tony los rechaza: "Lo que tengo puesto es perfecto para lo que va a pasar, vestirse como un convicto para hacer actos malvados." Cita a Tony. "Como quieras." Responde Mauricio. "Súbete, vamos a pelar." Continúa Mauiricio.

El plan está en marcha, la primera parte de la misión está a punto de comenzar. Los cuatro hombres se dirigen a su posición, hasta que la primera parte de la misión esté completa. Los Honey B tienen el honor y la carga de ser los primeros en la batalla.

CAPITULO 21:

Compromiso antagónico (segunda parte) (La saga de las Honey B's)

El primer elemento de la misión consiste en que las Honey B's eliminen sistemáticamente todos los puntos y los escondites que posee Chico. Una tarea tremenda para dos mujeres solas, pero están encantadas de asumirla.

Cuando se acercan a las inmediaciones del primero y más grande de los tres, aparcan el coche. Se alejan lo suficiente de la casa para poder prepararse para la batalla. Antes de salir del coche, se suben al asiento trasero para ponerse la escasa ropa, apenas legal en la calle, que han comprado para la misión. Finalmente, salen del coche jalando aquí y allá de sus ropas intentando que no se les caigan todas las cosas.

Mientras se dirigen a la casa de la esquina de 2nd y la 26th , se pasean por la calle como si estuvieran relajados. Desde el momento en que salieron del coche, todas las miradas estaban puestas en ellos. Algunas procedían de mujeres mayores que les miraban con desprecio, pero el resto eran miradas lujuriosas de hombres y mujeres por igual. Los gritos les siguieron por la calle, algunos más vulgares que otros.

Sin embargo, su atención se centraba en la misión. Estas mujeres estaban bien entrenadas en el arte de la seducción y la tortura y se enorgullecían de su capacidad para controlar cualquier situación.

Al girar en la calle 26 , surgen más ojos para admirar a las 2 nuevas mujeres del bloque mostrando a todo el mundo lo que les ha tocado en suerte. La casa objetivo está ahora a la vista, acercándose a la casa. Comienzan su acto diabólico para ganar la ventaja. Empiezan a reírse, actuando como colegialas, mientras sus faldas se levantan más y más. Dejan que todos los ojos vean su culo desnudo, antes de volver a bajar las faldas.

Como estaba previsto, su táctica funciona. Uno de los hombres que está en la entrada de la casa objetivo desciende al nivel de la calle y se acerca a ellos: "Oye Chulas, son nuevos por aquí?" Dice el hombre. "Sí." Responde Scarlet mientras sonríe seductoramente. "Bueno, en realidad estamos buscando la casa de su amiga, pero se le ha olvidado dónde está." Continúa Scarlet. Kitty se encoge de hombros y sonríe. Mientras ella se encoge de hombros, él vuelve a levantar su falda. Esta vez deja al descubierto la cocha bien afeitado. Scarlet se ríe y jala de la falda de Kitty hacia abajo para ella, mientras que Kitty fija los ojos con el hombre en el escalón. "Bueno, este es el día de suerte para ustedes." Responde el hombre. "Tengo un teléfono dentro que puedes usar; puedes llamar a tu amiga." Continúa el hombre. Las mujeres se miran, sonríen y se ríen: "Dale." Responden al unísono. "Esta es tu casa?" Pregunta Kitty actuando como si estuviera interesada en lo que el hombre tiene que decir.

Kitty avanza hacia la casa pareciendo asombrada, pero al mismo tiempo haciendo vigilancia para la misión. "Sí, sí." Responde el hombre. "Este soy yo, y estos son mis empleados." Dice señalando a los otros hombres en el porche con sus AK's preparados. "Guau, es tan-tan-grande." Interviene Scarlet mientras sube a la escalinata detrás de Kitty.

"Todos ustedes permanecen alerta." Dice el hombre a sus compañeros de trabajo. "Voy a llevarlos a usar el teléfono, ahora vuelvo." Continúa el hombre. Los otros hombres sólo pueden negar con la cabeza, pero siguen sus órdenes.

Al entrar por la puerta principal, el trío se ve abrumado por la cantidad de polvo de cocaína que flota en el aire. Sin poder evitarlo, les entra en los ojos, la boca y la nariz.

Cuando se adentran más, las chicas toman nota rápidamente del número de habitaciones de su perímetro y de cualquier punto ciego visible. En el salón, cuentan con tres hombres con sobrepeso y artillería pesada que juegan a la XBOX en un gran televisor de pantalla plana.

Sintiéndose como un gran tipo willey, el hombre deja que las dos chicas se paseen por la casa, ya que parecen realmente sorprendidas por el tamaño de su casa. "Voy a putar a estas dos perras." Piensa el hombre para sí mismo.

Mientras las chicas continúan con su artimaña de una excursión, escuchan la débil música de Frankie Ruiz, el rey de la salsa, cada vez más fuerte. Siguen el sonido y se asombran de hasta qué punto este hombre las deja entrar en la casa. Se acercan a la puerta de donde emana la música, abren la puerta antes de que el hombre pueda protestar y se dan cuenta de que es la sala de cocción y envasado.

Ante ellos se encuentra un mar de mujeres desnudas que sólo llevan redes para el pelo y máscaras respiratorias blancas. A pesar de la intrusión, las mujeres siguen trabajando diligentemente, algunas midiendo mientras otras cocinan y embolsan el producto.

El hombre los aleja rápidamente de la puerta y la cierra tras de ellas."Qué pasa ahí dentro?" Pregunta Scarlet sonando ingenua. "No te preocupes de eso." Responde el hombre. "Sólo un pequeño negocio, chula." Continúa el hombre.

"Por qué no vamos arriba, donde está más tranquilo?" Dice el hombre mientras nos guía. "Espera, Qué hay arriba?" Pregunta Kitty en un tono ingenuo. "Mira mamá, ya sabes por qué os he traído a mi casa." Dice el hombre con naturalidad. "Si realmente querían hacer una llamada, tenía un teléfono móvil en mi bolsillo todo el tiempo." Continúa el hombre.

Scarlet finge susurrar al oído de Kitty como si le estuviera explicando la situación. "Oh, eres malo." Dice Kitty en tono seductor mirando al hombre. "Pero eso me gusta." Continúa kitty mientras se acerca a él seductoramente. "Muy bien papi." Asiente Scarlet. "Jugaremos, pero sería una pena dejar a todos estos otros papis fuera." Continúa Scarlet. "Qué tal si nos llevamos cada uno a dos a la vez?" Interviene Kitty. "Maldita sea, son unos frikis." Dice el hombre. "Lamentablemente, no pueden unirse a nosotros, están de servicio, así que tendrán que satisfacerme." Continúa el hombre.

"Ai papi." Responde Scarlet con un tono de puchero. "Esas son nuestras condiciones, si quieres esto." Continúa Scarlet. Acerca a Kitty a ella y le baja la camiseta sin mangas dejando al descubierto un par de voluptuosos pechos con los pezones rígidos. Lo tomas o lo dejas." Continúa Scarlet rodeando los pezones de Kitty con su lengua.

"Bien, bien, bien." Responde el hombre mientras mira con ojos llenos de lujuria. "Suban las escaleras a la derecha." Dice el hombre corriendo hacia las escaleras. Tú, conejito de nieve, ve a la primera habitación de la derecha." Exige el hombre. "Eres mío! Voy a ir a buscar a algunos chicos, estad preparados cuando volvamos." Continúa el hombre con sus exigencias mientras desciende la escalera. "Listo y esperando papi." Responde Scarlet seductoramente mientras baja su camiseta sin mangas revelando un par de pechos del mismo tamaño que los de Kitty. El hombre se detiene y se gira para escuchar lo que Scarlet responde: "Maldita Sea!" Dice el hombre mientras sale corriendo a buscar a los demás.

Rápidamente, las Honey B suben las escaleras y se dirigen a sus habitaciones designadas. Antes de separarse, se abrazan unas a otras como forma de decirse "Ten Cuidado." Una vez dentro de las habitaciones, las mujeres se apresuran a encontrar cualquier trampa o cualquier cosa que impida su misión. Proceden a esconder sus armas en un lugar accesible, luego se desnudan y esperan a sus víctimas.

De repente, escuchan pasos subiendo las escaleras, "Vende bien esta mierda." Murmura Scarlet para sí misma. "Vamos a comencar." Kitty dice en voz baja, animándose mientras los hombres entran en la habitación. "Maldita mami." Dice el hombre que invitó a las mujeres a entrar. "Te voy a destrozar." Continua el hombre. "Oh, sí?" Responde Kitty. "Creo que puedo encargarme de lo mío." Continúa Kitty. Los dos hombres comienzan a desvestirse, apartando los ojos de Kitty por una fracción de segundo. Pop-pop, pop-pop. Los dos hombres caen al suelo, atravesados por el disparo de la pistola de 9mm silenciada de Kitty.

Rápidamente, Kitty se pone la ropa y sale de la habitación al pasillo. Para su sorpresa, Scarlet ya la está esperando. Se saludan mutuamente y se separan para asegurar el resto de la casa.

Uno a uno, eliminan todas las amenazas, incluso las del porche. Luego dirigen su mirada a las mujeres que trabajan en la sala de cocina. Siempre les dijeron que nunca dejaran a nadie vivo, inocente o no. Su objetivo era incendiar la casa de todos modos. Así que "por qué no sacar a las mujeres de su miseria?" Piensa Scarlet para sí misma. Entran en la sala de cocina completamente desnudos para no levantar sospechas, con las armas a la espalda, se colocan en los extremos opuestos de la sala y juegan a la caza del pato con las mujeres.

Una vez terminada esa tarea, Scarlet se dirige a buscar el lugar del alijo mientras Kitty coge los ladrillos de cocaína que están sin abrir. Listos para salir, cogen su ropa y se preparan para incendiar la casa. Scarlet separa la estufa de la pared y rompe la tubería de gas, mientras que Kitty arroja algo de metal en el microondas y ajusta la hora.

Sabiendo que no tienen mucho tiempo, salen corriendo por la puerta trasera de la casa y se dirigen directamente a su coche. A menos de media manzana oyen la explosión, pero no se inmutan. Siguen avanzando hasta llegar al coche.

Una a una, van derribando todas las casas que Chico tiene por la ciudad. Utilizando las mismas tácticas y conociendo la previsibilidad de los hombres, se abren camino. Para las Honey B, esto es divertido, el sabor del poder sobre los hombres las abruma. De ahí viene el origen de su nombre, nada es más dulce que la miel.

Una vez a salvo de la última casa, envían un mensaje de texto a Roc, Dre y Mauricio, para que comiencen la segunda fase de la misión. Ahora les toca a los hombres terminar esto.

CAPITULO 22:

Compromiso antagónico tercera parte (el asesinato de un rey)

Mientras esperan a que los Honey B completen su misión, Mauricio y Tony se preparan para su parte. Se cuelan en la fortaleza de Rafael y esperan la señal.

Para Mauricio fue fácil colarse en el recinto de Rafael, ya que pasó la mayor parte de su infancia allí. Conoce todos los puntos dulces, y las entradas ciegas.

Una vez dentro y en posición, Mauricio llama a Chico: "MAMÁ BICHO, TU VAS A PAGAR POR MATAR A MI SOLDADO!" Grita Chico al contestar el teléfono. Mauricio se ríe: "Si no te gusta eso, seguramente no te gustará el hecho de que te robe y queme tus pontios."

"Tu reinado se te está cayendo y vengo por ti." Continúa Mauricio. "Puto, tu sabes lo que hhiciste!" Grita Chico, la saliva fluye de su boca hacia el teléfono. "Rapheal te va a matar!" Continúa Chico. "Si yo no lo mato primero, el empeso la Guerra, yo lo voy a terminar." Responde Mauricio antes de colgar a Chico.

Chico, en su estado de frenesí, intenta llamar a sus lugares de escondite pero no tiene suerte. Así que, en su desgana, decide llamar a Rafael y ponerle al corriente. "Pero que tu ases en los estados Chico?" Pregunta Raphael mientras su frustración aumenta. "Tu no tenias un trabajo que cumplir?" Continúa Rapheal. "Me informaron que Mauricio, tu adorado, estas aciendo daño a los negosios de la familia." Responde Chico. "Yo vine para atrás para encargarme de la situación personalmente." Continúa Chico.

"Me desobedeciste Chico, pero me encargo de ti más tarde." Dice Rapheal en un tono mucho más tranquilo. "Trae me a Mauricio vivo." Continúa Rapheal.

Tras escuchar la conversación telefónica de Raphael, Mauricio y Tony esperan a que Rapheal envíe a sus sicario a buscar a Mauricio. Rapheal llama al guardia de la puerta para que llame por radio a sus cazarrecompensas.

El hombre llama a los hombres por el walkie-talkie. El hombre se coloca de nuevo frente a la puerta para mantener a Rapheal a salvo mientras los cazarrecompensas de Raphael cazan al mejor asesino de Raphael.

Mauricio sabe que, para estar con Linda y vivir una vida libre, debe herir al hombre que le hizo ser quien es, el hombre al que consideraba su padre.

Después de dejar pasar el tiempo suficiente, Mauricio y Tony hacen su jugada. Primero empiezan por eliminar cualquier otra amenaza potencial que pueda interrumpir su misión. Se separan y vuelven a reunirse en el punto de partida una vez que han terminado.

Mauricio mira a Tony mientras avanza solo. Tony retrocede y se oculta en las sombras esperando la señal de Mauricio.

Mauricio coloca su mano de la pistola detrás de la espalda, con la pistola amartillada y preparada. Con la otra mano empuja la puerta de la habitación en la que está Rapheal y entra.

"Yo sabia que tu venia, yo sabia que secias tu que me mataria un dia." Dice Rapheal sentado frente a la chimenea, en su silla de beber de espaldas a Mauricio. "Yo te dije cuando te recluté que la única manera de salir de esta vida es matarme, no te acuerdas." Continúa Rapheal.

"Y qué fue mi respuesta?" Responde Mauricio. "Me dijiste que nunca llegaría a eso, pero veo que los tiempos han cambiado." Responde Rafael con calma. "No cres que esto es fácil para mi, te amo como padre." Dice Mauricio. "Sí, pero el amor de una mujer triunfa sobre todo." Responde Rafael.

"Pero como tu...?" Pregunta Mauricio. "Yo supe cuando Chico la cojió." Responde Rafael. "Y tú no hiciste nada!" Pregunta Mauricio sonando frustrado.

"Hijo, el chico no juega de la mismas reglas que tu y yo." Responde Rafael. "Eso es por que esto en paz que tu no vas a dejar que coje el control de la familia." Continúa Rafael. "Aunque me cueste la vida, yo se que tu tomaras la decisión correcta." Dice Raphael con el corazón encogido.

"El deseo mio fue que tu tomara el trono mio cuando fuera tiempo, pero la pura realidad que tu estas aqui a matarme, diseña algo diferente." Continúa Rafael tratando de contener las lágrimas.

"Espero que Linda y tú tengan una vida llena de alegría, tienes mi bendición." Dicho esto Rafael se calla.

Las lágrimas empiezan a rodar por la cara de Mauricio mientras se queda quieto en la puerta, escuchando a Rafael hablar. Se acerca a Rafael y lo abraza, deseando no tener que matar al hombre que llegó a amar. "Gracias." Susurra Mauricio entre lágrimas. "Bueno." Responde Rafael. "Ya es tiempo, dale a tu soldado la señal."Continúa Raphael. "Yo se que no puedes jalar el gatillo tu solo, Pero siempre recuerda que siempre te amare." Dice Raphael mientras cierra los ojos preparándose para la bala que viene.

"Igualmente." Responde Mauricio con la cara llena de lágrimas. "Te veo pronto." Continúa Mauricio. Metiendo la mano en el bolsillo, Mauricio pulsa el botón de envío de su teléfono móvil, enviando la señal a Tony.

Segundos después, Tony irrumpe por la puerta, con las pistolas extendidas frente a él y envía dos balas a través de la cavidad torácica de Raphael. Mauricio se sienta en el suelo y mira fijamente a Raphael mientras agoniza, incapaz de creer que Raphael vaya a morir. "Ya está hecho papi." Dice Tony. "Tenemos que irnos." Continúa Tony.

Tony extiende su mano y ayuda a Mauricio a levantarse del suelo. Mauricio se seca las lágrimas y le da las gracias mientras salen de la habitación. Permanecen atentos y siempre cautelosos mientras salen del recinto de vuelta al coche.

Tony se pone al volante para que Mauricio se recomponga. "Vamos a buscar a Linda y a matar a esa rata puto de serpiente!" Dice Mauricio mientras Tony se despega.

CAPITULO 23:

Compromiso antagónico: la conclusión (matanza de una serpiente)

Mauricio y Tony estaban esperando la señal de Honey B, al igual que Dre y Roc en otra parte de la ciudad.

Su tarea consistía en burlar la seguridad de Chico y preparar una emboscada. Mientras esperaban la señal, estudiaron un esquema aproximado del lugar de Chico que Mauricio les dibujó.

Deciden que la mejor ruta a tomar, era la ventilación en el techo. Silenciosamente se mueven como ninjas eliminando a los guardias que se encuentran en su camino. Entran por el sistema de ventilación del techo. Tratando de no hacer ruido, encuentran su punto de entrada en el edificio.

A lo lejos, oyen a Chico gritar a pleno pulmón. Oyen un débil llanto entre sus gritos y deducen que se trata de las dos mujeres que han venido a rescatar.

A través de las rejillas de ventilación, ven a las chicas, así que mantienen su posición y esperan. Dre decide explorar la escena para asegurarse de que no se encuentran con ningún sicario cuando reciben la señal de las Honey B.

Roc decide unirse a él, no quiere quedarse solo en esta ventilación. Dre sale primero y detrás de él está Roc. En cuanto los pies de Roc tocan el suelo, siente el cañón de una pistola en detras de la cabeza. *¡Pum!* El cuerpo sin vida de Roc cae al suelo. Uno de los sicario de Chico tiene una pistola en la cabeza de Dre y una mano sobre su boca. Dre grita entre los dedos apretados, quiere luchar contra la pistola pero decide no hacerlo. Justo en ese momento siente la culata del arma golpear la parte posterior de su cabeza y Dre cae al suelo inconsciente.

El sicario de Chico arrastra el cuerpo de Dre a la oficina de Chico, dejando el cuerpo sin cabeza de Roc. Furioso, Chico despotrica ante el giro de los acontecimientos mientras su sicario rebusca en los bolsillos de Dre. Al encontrar el teléfono de Dre, el hombre se lo lanza a Chico. Éste lo revisa: "Vamos a esperar." Ordena a Chico a sus hombres. "Amárralo en una silla en uno de los cuartos." Continúa Chico.

Para entonces, Mauricio y Tony están terminando su parte de la misión y el teléfono de Dre recibe el texto. "Yo lo sabía!" Dice Chico. "Oye los otros vienen, armaos." Ordena Chico.

Mientras Tony se acerca al lugar de Chico, Mauricio envía un mensaje de texto a Dre para ponerle al día. Mauricio espera una respuesta, pero intuye que algo va mal cuando no la recibe. Decide romper el silencio y llamar a Dre, pero para su consternación, en lugar de escuchar la voz de Dre, oye la siniestra risa de Chico.

"Oye, lo siento pero tu primo no puede cojer el teléfono, el esta amarrado." Dice Chico riendo. "Quieres dejarle un mensaje?" Continúa Chico. "Culebra, qué haces con mi primo?" Pregunta un furioso Mauricio. "Nada todavía, pero lo que puedo acer depende en si tu cumpliste tu misión." Responde Chico. "Yo tengo lo que me pediste." Responde Mauricio. "No le agas nada a mi familia." Insta Mauricio. "Lo siento, pero es mui tarde para el otro tipo." Responde Chico. "Lo use para acer un ejemplo." Continúa Chico. "Para aser te sincero, yo creía que tú ibas a venir personalmente." Dice Chico sonando decepcionado.

"Tenia que acer tu trabajo. No pude mandar a otro. Tenia que acer lo yo mismo." Responde Mauricio con los dientes apretados. "Lo mataste?" Pregunta Chico emocionado. Que cojones, nunca pense que lo iba a hacer, Felicidades." Dice Chico entre aplausos. "Ahora tráeme la cabeza antes que mate a tu primo y a las putas también." Dice Chico de mala gana.

Mauricio, en su frustración, lanza su teléfono al parabrisas del coche sin contestar a Chico. Agachándose para evitar el teléfono, Tony comenta: "Malas noticias, supongo?" "Tienen a Dre." Responde Mauricio. "Y han matado a Roc." Continúa Mauricio. "Maldito sea, el juego acaba de cambiar." Responde Tony. "Tenemos que llamar a los Honey B para que nos den refuerzos, preparar una emboscada para matar a esta rata puto." Continúa Tony. Mauricio está de acuerdo y toma su teléfono del alijo y marca a los Honey B's.

"Scarlet, soy Mauricio. Mira, los planes han cambiado." Mauricio sigue poniéndola al día, y cuando llega a la parte de Roc, puede oír cómo el teléfono cae al suelo. "Oye, qué pasa?" Pregunta Kitty mientras coge el teléfono. "Scarlet está flipando por aquí." Continúa Kitty. Mauricio le dice dónde encontrarse y que Scarlet la pondrá al corriente.

Una vez que llegan al punto de encuentro, Tony se baja para esperar la señal de Honey B. Mientras tanto, Mauricio sigue adelante para vigilar el lugar de Chico.

A dos manzanas de distancia, Mauricio deja el coche y continúa a pie. Hace una rápida comprobación del perímetro y se fija en el lugar donde Dre y Roc escalaron el edificio hasta el tejado.

Mauricio decide enviar un mensaje de texto a Tony para informarle. Tony responde rápidamente con una hora estimada de llegada (E.T.A), por lo que se adelanta a ellos.

Mauricio escala el edificio, tomando la misma ruta que tomaron Dre y Roc para entrar en el edificio. Arrastrándose por la ventilación, Mauricio ve por dónde su equipo se dejó caer en el edificio. Evitando esa entrada, se dirige a una habitación vacía y se deja caer dentro.

Abre la puerta un poco y ve el cuerpo sin vida de Roc tendido justo delante de su punto de entrada. Abriendo lentamente la puerta, explora el pasillo en busca de sicario con armas. Se agacha lentamente por el pasillo, Mauricio intenta mantener la compostura mientras pasa el cuerpo hacia el despacho de Chico.

Al final del pasillo, justo delante del despacho de Chico, están dos de sus sicario y sonríen al ver a Mauricio.

Mauricio camina por el pasillo, sin necesidad de esconderse ahora que su tapadera ha sido descubierta. Se acerca a la habitación en la que se encontraban las dos mujeres, la vista está oscurecida por el periódico y no hay ningún ruido procedente del interior. Esto hace que Mauricio se ponga un poco nervioso.

La siguiente habitación por la que pasa asegura a Mauricio que Dre está vivo: está atado a una silla con una venda en los ojos. "Te voy a rescatar primo." Dice Mauricio en voz baja.

Ya lo suficientemente cerca, los dos sicario agarran a Mauricio, lo despojan de sus armas y lo empujan a la fuerza al despacho de Chico. Chico gira en su silla para mirar a Mauricio.

"DÓNDE ESTÁ MI CABEZA?" Le grita Chico a Mauricio. "Esta seguro." Responde Mauricio. "Deja mis amigos ir, Y te lo traigo." Dice Mauricio.

"Oye, tú tienes cojones, tú no tienes lugar para negosiar papi." Responde Chico con una sonrisa. "Payaso, yo tengo todas las cartas, ahora dame la cabeza." Continúa Chico.

"Si, tengo espacio: Y si te miento?" Responde Mauricio. "Y si no mate a Rapheal, Y te está esperando afuera para matarte?" Continúa Mauricio.

"Pues va a tener que pasar por ti primero." Responde Chico. "Esta bien, tu mueres tambien." Dice Mauricio. "DEJA DE JODER!" Grita Chico.

Chico está harto del juego de Mauricio: le está dando largas y lo está volviendo loco. Pero se quedan mirando el uno al otro, sin querer moverse. Entonces, de repente, Chico suaviza sus rasgos faciales, se sienta en su silla y se ríe.

"Rapheal tenia rozon a no matarte cuando mato a tu familia." Expresa Chico. "Tu tiene un corazo fria." Continúa Chico.

Finalmente Mauricio se tranquiliza, pero ahora está confundido: "De qué hablas?" Pregunta Mauricio.

"Tu precioso jefe no te dijo?" Pregunta Chico. "El mato a tu familia años atrás. El no pudo matar un bebe." Dice Chico

"Yo tengo una madre, cabrón." Argumenta Mauricio.

"Sí, un empleado de Rapheal." Responde Chico sonriendo. "Ves, tus padres tenian un canto de terreno que el queria." Continúa Chico. "Pero tus padres no querian venderlo." Chico continúa relatando. "Y como era Rapheal, lo cogió de fuerza." Dice Chico rezumando suspense. "Pero cuando llego a ti, no pudo matarte." Dice Chico poniendo fin a la historia.

"VETE PAR CARAJO, TU MIENTES!" Grita Mauricio. Sabe que Chico está intentando despistar, pero no puede creer que se invente una historia así.

"Crees lo que quieres, yo se la verdad." Responde Chico con tranquillidad. "Yo iba a ser el segundo en mando, pero te escojio a ti para moldear un assesino personar." Dice Chico sonando molesto.

Todo el tiempo que Chico está confesando su historia, la cabeza de Mauricio se llena de recuerdos de su infancia. Momentos de su vida en los que lo que Chico está diciendo podría ser cierto. Rapheal siempre había estado presente desde que tenía uso de razón, Mauricio ni siquiera puede recordar cuando conoció a Rapheal por primera vez, Dándose cuenta de lo inevitable, Mauricio se dice a sí mismo: "Maldita sea, cómo es posible que Rapheal no me lo haya dicho?"

Mientras tanto, Tony y los Honey B llegan al lugar de Chico. Encuentran el conducto de ventilación que Mauricio les indicó, así que los Honey B proceden a entrar en el edificio. Tony por otro lado se queda afuera para preparar su gran entrada.

Los Honey B se abren paso fácilmente por la ventilación y encuentran el punto de entrada de Dre y Roc. Uno tras otro, salen de la ventilación y se esconden rápidamente entre las sombras.

A primera vista, se fijan en el cuerpo sin cabeza de Roc y casi pierden el control. Pero recuperan la compostura y terminan el trabajo que han venido a hacer.

Acechando en las sombras, las chicas buscan a Linda y también a su amigo Dre.

Encuentran la habitación con Dre, y deducen que la habitación contigua con el periódico cubriendo la ventana es la de las mujeres cautivas.

Scarlet se coloca frente a la ventana del despacho de Chico y asoma la cabeza. De un vistazo, ve a cuatro hombres: dos con armas y los otros dos hablando. Scarlet le da a Kitty la señal para comenzar su tarea.

Kitty, situada frente a la habitación de Dre, da unos golpecitos en la ventana para llamar la atención de Dre. Con la venda en los ojos, Dre no puede ver quién es, pero sabe que es la caballería que viene a salvarle. Así que se dirige lentamente hacia la ventana, tratando de no hacer ningún ruido.

Kitty saca un pequeño cortavidrios y hace un agujero en la ventana lo suficientemente grande como para que quepa una pistola. Le susurra a Dre que se acerque y le deja caer un cuchillo en la falda para que se libere y una 9mm. En cuanto ella deja caer los objetos, Dre comienza a liberarse y a ponerse en posición de combate.

Scarlet, todavía en la ventana de Chico, observa todo lo que ocurre en la habitación. Se sienta a esperar una señal de Mauricio y se mantiene alerta para que Kitty pueda liberar a las dos mujeres cautivas.

Aún en desacuerdo con Chico, Mauricio se harta y le da la espalda. A primera vista, ve a Escarlata en la ventana y rápidamente le hace la señal.

Sin dudarlo, Scarlet se agacha para alejarse de la ventana, saca su teléfono y envía un mensaje de texto a Tony, que está fuera esperando. Se arrastra hasta la puerta de la habitación donde está Dre y le susurra que la fiesta está a punto de empezar.

Tras rasgarse la ropa y ensuciarla para parecer un vagabundo, da el toque final a su disfraz cuando recibe el mensaje de Scarlet.

Al comprar un poco de orina a unos vagabundos locales, Tony se moja con todo el recipiente. El olor a amoníaco es tan penetrante que Tony casi se desmaya.

Recuperando la compostura, Tony entra en el ascensor y pulsa el botón. Mientras el ascensor desciende, Tony comprueba sus armas y las prepara antes de que se oiga el último ruido del ascensor.

Cuando el ascensor suena en el último piso, todos en la oficina de Chico se detienen y miran el ascensor.

Con esa señal, Dre vuelve a ponerse la venda en los ojos, se sienta de nuevo en la silla y se pone de cara a la pared. Scarlet se queda en las sombras mientras los hombres de Chico salen del despacho de éste hacia el ascensor.

Sorprendiéndolos, Tony sale a trompicones del ascensor interpretando bien su papel. El aroma a amoníaco de la orina envuelve la habitación haciendo que los sicario de Chico tengan arcadas.

"Oye papi, nadie estaba afuerra, así que me dejé entrar." Dice Tony arrastrando las palabras como un borracho.

"Quien diablo eres, Y porque estas aqui?" Pregunta Chico.

"Yo capeo de la casa grande en la calle Jamaica Este." Responde Tony. "He venido a decirte que alguien la ha volado, he venido hasta aquí para decírtelo, y sé quién ha sido." Continúa Tony.

"Diablo, tu apestas." Responde Chico conteniendo la respiración. "Ya tengo el culpaple, asique para afuera." Ordena Chico. "Sacame este tecato de aquí, que me está ahogando." Continúa Chico al borde del vómito.

"Hablas de él?" Pregunta Tony señalando a Mauricio. "Ese no es el tipo, en realidad fueron dos chicas, dos chicas chulas también." Continúa Tony. "Puedo mostrarte quienes son por un precio." Negocia Tony.

"Mentiroso!" Grita Chico. "Quiénes son?" Grita Chico.

"Uno de ellos está justo ahí." Dice Tony señalando el lugar en las sombras donde está Scarlet. Scarlet levanta sus armas y dispara a los dos sicario de Chico antes de que puedan hacer un movimiento.

Cogido por sorpresa y desarmado, Chico intenta correr de vuelta a su oficina, pero se ve interrumpido por Dre que dispara a través del cristal de su habitación. Chico cae al suelo cuando una de las balas de Dre le destroza la rodilla. Rápidamente, sigue tratando de recuperar un arma, pero Scarlet le dispara uno de sus hombros, poniendo fin a su intento de siquiera moverse.

En la histeria de Chico, empieza a reírse y dice: "Como te dije, Rapheal tenía razón a no matarte." Dice Chico riendo por el dolor. "Te entreno bien." Continúa Chico.

Mauricio habla: "Que todo el mundo se vaya. Esta serpiente y yo tenemos asuntos pendientes."

Antes de irse, Dre mira a Chico y luego a Mauricio. Sin previo aviso, Dre le da una patada a Chico en la cara, partiéndole el labio al instante. Antes de darse la vuelta para irse, escupe a Chico, llamándole puto mientras le da la espalda.

Scarlet sigue su ejemplo y le da una patada a Chico en las bollas y otra en la cara: "Esa es para Roc!" Con eso, se da la vuelta para irse.

Por encima de su hombro, Scarlet le dice a Mauricio: "haz que le duela a ese mama bicho."

Agarrando su pistola del escritorio de Chico, Mauricio vuelve y se coloca encima de Chico. Chico le mira y empieza a reírse de nuevo. "Estás listo para conocer al diablo?" Pregunta Mauricio. "Yo lo conosco mama bicho, tu eres el diablo!" Responde Chico.

Sin decir nada más, Mauricio amartilla su pistola y dispara a Chico dos veces en el pecho y una en la cabeza. Tras el golpe del arma, el único sonido en la habitación es un gorgoteo que sale de la boca de Chico, y luego el silencio.

Sintiéndose un poco aliviado, Mauricio empieza a salir, pero se detiene ante el cuerpo de Roc. Recoge su cuerpo y lo lleva fuera para darle un adecuado entierro de guerrero.

De vuelta a la calle, Dre y Tony ya han subido los coches y se preparan para incinerar el lugar de Chico. Mauricio sale del ascensor con Roc y todos le miran con reverencia.

Dre coge rápidamente una sábana del coche para que Mauricio pueda tumbar a Roc en ella. Lo envuelven y lo preparan para su entierro de guerrero. Tony le da a Mauricio una lata de gasolina y luego lleva el resto que trajeron al ascensor de Chico.

Mauricio rocía el cuerpo enterrado de Roc con la gasolina y comienza a encenderlo, pero Scarlet se acerca y lo detiene.

"Debería ser yo quien lo hiciera." Dice Escarlata a Mauricio. "Le prometí hace años que le daría un entierro de guerrero a la antigua si alguna vez moría en batalla." Responde Mauricio. "Creo que su familia debería hacerlo." Continúa Escarlata. "Yo soy de la familia." Responde Mauricio. "Sí, pero yo soy su hija." Interrumpe Escarlata.

"Su qué...? Dice Mauricio sorprendido. "Nunca me dijo que tenía una hija." Continúa Mauricio. "No quería que nadie lo supiera, por si sus enemigos se enteraban." Explica Escarlata. "Sí, Roc tenía muchos enemigos." Responde Mauricio. "Toma, te dejo hacer los honores." Dice Mauricio dándole a Scarlet el mechero mientras se aparta.

Se arrodilla, reza una pequeña oración por él y enciende el borde de la tela.

Al instante, el cuerpo de Roc queda envuelto en llamas y el olor a gas quemado y carne humana llena el aire. Por un momento, todos se quedan quietos, rindiendo homenaje a un soldado caído. Su momento de silencio termina cuando el ascensor regresa con Tony que viene de encender el lugar de Chico.

Con la distracción del ascensor, dos hombres salen de las sombras y agarran a Linda y Stacia. Apuntan sus armas a la cabeza de las mujeres y éstas gritan. Mauricio responde al instante y gira para enfrentarse a los asaltantes con su arma ya apuntando a ellos.

"Deja que se vayan y te dejaremos vivir!" Gruñe Mauricio.

Para entonces, el resto de la tripulación se ha dado la vuelta con las armas en alto.

"Sabemos que mataste a Rapheal." Dice un hombre. "Debes responder por eso." Dice el hombre. "PUTO, LO HE MATADO!" Grita Tony. "Ahora deja que las mujeres se vayan y podemos bailar." Continúa Tony.

Los hombres apartan a los rehenes y apuntan a Tony. Uno de ellos consigue disparar antes de que ambos sean acribillados. Cuando el tiroteo se detiene, Mauricio corre hacia Linda y Stacia: "Están bien?" Pregunta Mauricio. "Sí, estamos bien." Responde Linda temblando. "Qué demonios está pasando?" Pregunta Linda. "Te lo explicaré más tarde." Responde Mauricio.

Sin previo aviso, Linda abraza a Mauricio tan fuerte como puede: "Gracias por salvarnos a mí y a Stacia. Pensé que íbamos a morir." Continúa Linda. "No hace falta que me des las gracias, lo habría hecho aunque no te quisiera". Responde Mauricio. "Tenemos mucho que hablar, mucho que debo contarte". Continúa Mauricio. "Sí, de hecho yo también tengo algo que contarte". Responde Linda. "Ya tendremos tiempo para todo eso". La tranquiliza Mauricio. "Ahora mismo tenemos que salir de aquí". Continúa Mauricio.

Mientras Mauricio habla con Linda, los Honey B corren hacia Tony que yace en el suelo inmóvil: "Tony, estás bien?" Pregunta Scarlet. Las dos chicas se temen lo peor y comienzan a acunar su cabeza en sus brazos. "Tony, Tony, por favor, no te mueras." Grita Kitty.

"Ai, coje uno papi!" Dice Tony respondiendo finalmente. "Necesito una enfermera-no, necesito *dos* enfermeras." Continúa Tony. "Dónde te han dado?" Pregunta Kitty. "En el hombro." Responde Tony. "Gran bebé." Interviene Mauricio mientras se acerca a Tony. "Está herido, no lo ves?" Responde Kitty entre lágrimas. "No te preocupes papi, te vamos a cuidar bien." Dice Kitty.

Mauricio mira a Tony: "He venido a ayudarte, pero parece que estás en buenas manos." Dice Mauricio. En cambio, Mauricio vuelve a centrar su atención en Linda y Stacia: "Vamos a salir de aquí." Dice, ayudando a Linda a entrar en el coche.

En lugar de subir al coche, Linda vuelve a abrazar a Mauricio, esta vez fundiéndose en sus brazos. Al instante se siente segura, como si nada hubiera pasado.

Tony rompe la magia: "Eh, es hora de irse!" Grita desde el coche.

Se dirigen al búnker de Mauricio dentro del estudio para reagruparse y atender las heridas.

CAPITULO 24:

Procedimientos posteriores (las secuelas)

De vuelta al Bunker, Mauricio saca el material médico. Todo el mundo está aturdido, sin hablar ni mirarse. El aura de la pérdida llena el aire, impidiendo que todos celebren.

De repente, Linda rompe el silencio presentando a Stacia y a ella misma a quienes no las conocen. También aprovecha para dar las gracias a todos por haber arriesgado sus vidas por ellas.

Después, Mauricio se acerca a Linda con un puñado de gasas, un poco de peróxido y tiritas. Atiende las heridas de Linda mientras ella grita de dolor por el peróxido.

Linda se gira para mirar a Mauricio y le mira a los ojos. Al instante, la pasión que sienten el uno por el otro se hace más fuerte. Pero en el fondo de sus mentes, ambos saben que deben confesar sus secretos más profundos si quieren tener una oportunidad juntos.

"Lo siento, Papi!" Linda suelta. "Tengo que decirte algo que debería haberte dicho antes." Continúa Linda. "Qué es, Mami?" Pregunta Mauricio. "No soy quien crees que soy." Responde Linda. "Qué quieres decir?" Pregunta Mauricio. "Estoy confundido." Continúa Mauricio. "No trabajo en Verizon, trabajo en Placer como bailarín. Pero sí voy a la escuela." Añade Linda poniendo todas las cartas sobre la mesa. "Eso ya lo sabía Ma." Responde Mauricio. "Lo sé desde hace tiempo." Continúa Mauricio. "Pero cómo...?"

Pregunta Linda con cara de confusión. "Esos ojos Mami, nunca mienten." Confiesa Mauricio. Cuando vi el cartel delante del club, vi tus ojos a través de la máscara. Al instante supe que eras tú." Continúa Mauricio.

"Por qué no has dicho nada?" Pregunta Linda empujando a Mauricio juguetonamente. "Me imaginé que lo harías." Responde Mauricio. "Además, me importas mucho y te quiero por lo que eres, no por lo que haces." Dice Mauricio mirando profundamente a los ojos de Linda. "Sabía que tenía que dejar que me lo dijeras en tus propios términos, gracias por ser sincera." Continúa Mauricio mientras tira de Linda en un fuerte abrazo.

"Pero también tengo una confesión para hacer chula." Dice Mauricio de mala gana. "La razón por la que tú y tu amigo pasaron por todo este drama fue por mí." Continúa Mauricio respirando profundamente. "Hace mucho tiempo, yo era parte de la P.R.M., y ese gordo bastardo que te secuestró estaba tratando de tomar el control." Cuenta Mauricio. "Sabía que tenía que quitarme de en medio, así que fue a por los que quiero." Dice Mauricio mientras se levanta. Siento mucho haberte metido en este lío." Continúa Mauricio mientras se dirige al gabinete médico.

"Te quiero papi." Responde Linda. "Nunca he tenido a nadie que me cuide así." Continúa Linda tratando de mantener la compostura. "Cuando estaba en esa pequeña habitación, tenía el presentimiento de que vendrías a salvarnos." Dice Linda mientras se pone en pie. "Para ser sincera, he intentado con todas mis fuerzas no enamorarme de ti." Continúa confesando Linda. "Pensé que eras un cabron cuando casi me atropellas en el parque, pero cuando te vi en la tienda de magdalenas, me enamoré." Linda se queda mirando al espacio mientras rememora el recuerdo. "Desde entonces estoy en una montaña rusa emocional." Dice Linda.

Interrumpiendo la conversación de Linda y Mauricio, se acerca Stacia: "Ahi, príncipe, más vale que te ocupes de mi chica o te daré una patada en el culo." "¿Cómo me llamas?" Pregunta Mauricio con curiosidad. "Príncipe." Responde Stacia tímidamente. "Ese es nuestro apodo para ti." Dice Stacia con naturalidad.

Mauricio se vuelve hacia Linda de forma confusa, pero lo único que puede hacer Linda es girar la cabeza mientras se sonroja.

"No te preocupes, mami." Dice Mauricio a Stacia. "Tu amiga está en buenas manos." Continúa Mauricio.

Stacia se acerca a Mauricio y le da un fuerte abrazo mientras le susurra un agradecimiento al oído por haberle salvado la vida. Cuando lo suelta, Stacia se seca las lágrimas esperando que nadie lo note.

En toda la conmoción, Mauricio se da cuenta de que Dre ha desaparecido: "Dónde está Dre?"

Al unísono, todos señalan en dirección a la habitación contigua. Mauricio se acerca sigilosamente a la habitación y, a primera vista, se echa a reír.

"Maldita sea, ya estás al teléfono?" Bromea Mauricio mientras emite sonidos de látigo. Todo lo que Dre pudo hacer fue darle el dedo. Justo entonces, cuando Mauricio se aleja, Dre grita: "Anglia te manda las gracias."

En medio de toda la conmoción, Scarlet y Kitty van al coche y recuperan el paquete que habían escondido en su coche. Lo traen y lo colocan ante Mauricio: "Este es nuestro regalo para ti." Dice Escarlata. "Mi padre murió por la familia, si él los considera familia, nosotros también." Continúa Escarlata. "Me siento honrado." Responde Mauricio. "Pero esto es de todos." Continúa Mauricio.

Mauricio coge las bolsas y empieza a vaciar su contenido. Divide el dinero y la droga en seis montones distintos. Coge un montón de dinero de su pila y lo empuja junto con uno de los otros cinco montones hacia Scarlet.

"Esto era de tu padre." Explica Mauricio. "Como es su familia más cercana, hacéis lo que consideráis correcto." Continúa Mauricio sin romper el contacto visual.

Creo que me quedaré para conocer a mi padrino." Responde Scarlet mirando a Mauricio.

"Whoo, tu padrino!" Exclama Mauricio. "Hay algo más que deba saber?" Pregunta Mauricio con curiosidad.

Scarlet se ríe y abraza a Mauricio por primera vez desde que se conocieron. Con todas las emociones a flor de piel, Scarlet derrama lágrimas en sus brazos. "Me encantaría que te quedaras." Responde Mauricio tratando de contener sus propias lágrimas. "Quédate todo el tiempo que quieras." Continúa Mauricio.

El Mauricio se dirige a Tony y le desliza su parte: "Desde el fondo de mi corazón, gracias por cuidarme Tony el flaco. Y mañana vamos a comprar un coche para que te vayas con estilo." Continúa Mauricio.

"Maldito sea." Responde Tony. "Lo hubiera hecho todo por una noche con nuestros Killa B, pero esto también servirá." Reprende Tony.

Justo entonces, Kitty se acerca por detrás de Tony y le susurra: "Sólo recuerda: todavía vamos a cuidar bien de ti." Tony grita: "JACKPOT!"

A estas alturas, Dre ya ha colgado el teléfono y se ha unido al equipo. Mauricio se dirige a él: "Lo hicimos mano, gracias por todo." Continúa Mauricio. "Aquí tienes una pequeña contribución para el futuro de City Morgue." Dice Mauricio deslizando la pila de billetes hacia Dre.

Dre se acerca a Mauricio y le abraza: "Hasta la muerte primo, siempre te apoyaré."

Finalmente, Mauricio se dirige a Kitty: "No tienes ningún secreto que deba saber, verdad?" Todos se ríen. "No, sólo estoy aquí por mi chica." Dice Kitty mirando en dirección a Scarlet.

"Además, Roc era como un padre para mí." Continúa Kitty mientras baja la cabeza apenada.

Mauricio le desliza el dinero: "Bueno, en ese caso, bienvenido a nuestra familia. Siempre puedes contar con este círculo para cubrirte las espaldas." Continúa Mauricio. "Gracias a todos." Responde Kitty. "Me ha gustado trabajar con ustedes." Continúa Kitty.

Sin dudarlo, Mauricio se dirige a Linda y Stacia: "Quiero daros mi parte. Me siento totalmente responsable de todo lo que habéis pasado. Sé que esto nunca compensará todas las cosas horribles por las que habéis pasado, pero sé que os ayudará." Continúa Mauricio con humildad.

Sorprendidos y llenos de emoción, ambos abrazan a Mauricio con la cara llena de lágrimas.

Mientras toda la emoción se calma y todos comienzan a conversar sobre lo que van a hacer con sus acciones, Mauricio se aleja y saca una botella de ron Bacardí de un pequeño cofre de madera.

Se pone de pie frente a todos y ordena su atención: "Quiero aprovechar este momento para honrar el éxito de nuestra misión y rendir homenaje a nuestro camarada caído".

Mauricio abre la botella y vierte un poco de alcohol en el suelo. Sin dudarlo, toma un trago monstruoso directamente de la botella. Pasándola a la derecha, Dre coge la botella y hace lo mismo. Se pasan la botella hasta que todos han tomado un trago de ella.

De nuevo en la mano de Mauricio, deja la botella y agacha la cabeza para guardar un momento de silencio.

CAPITULO 25:

La convivencia
(la experiencia del compañerismo)

Tras el momento de silencio, todos respiran aliviados al sentir que la batalla se ha ganado.

Mauricio se agarra el estómago cuando le entran dolores de hambre: "No sé los demás, pero yo me muero de hambre." "Claro que sí!" Todos coinciden en un unísono disperso.

"Dre, llama a tu heva y dile que se reúna con nosotros en Tommy's." Dice Mauricio.

"Apuesta." Responde Dre mientras coge el teléfono para transmitir el mensaje.

Todos los demás deciden turnarse para limpiarse en el único baño antes de salir. "Supongo que un baño más grande no estaba en el presupuesto, no?" Bromea Linda. "Oh, tienes bromas, eh?" Responde Mauricio.

Después de que todo el mundo esté lo más limpio posible, todos se amontonan en sus coches y se dirigen a Tommy's. Una vez que llegan, piden bebidas y aperitivos para calmar el hambre hasta que llegue Angela.

Mientras todos están sentados conversando y conociéndose, de repente oyen y ven que un coche entra en el aparcamiento como un murciélago.

"Aquí viene." Dice Dre en voz baja. Atravesando la puerta como un huracán, Angela corre con toda su fuerza hacia Dre.

Dre se prepara para el impacto de la fuerza de Angela segundos antes de que ella lo envuelva en un abrazo. "Cariño, gracias a Dios que estás bien." Dice Angela entre besos. "Te quiero, te quiero, te quiero." Continúa Angela. "Está bien Mami." Responde Dre apenas pudiendo recuperar el aliento "Estoy bien, sabes que Mauricio no dejaría que me pasara nada." Continúa Dre.

La mención del nombre de Mauricio le recuerda que Dre no estaba solo. Se da la vuelta y se da cuenta de que todos la miran como locos. "Oh, hola a todos, soy Angela."

"Eso es obvio." Responde Scarlet mientras todos se ríen.

"Gracias a todos por mantener a mi papi a salvo." Dice Angela. "Especialmente a ti Mauricio, ven aquí y dale a tu prima un poco de amor." Continúa Angela mientras se acerca a Mauricio.

Mauricio, con una sonrisa, abraza a Anglea y le da un fuerte abrazo. "Estamos bien Angela." Dice Mauricio. "Lo más importante es que Linda y Stacia están a salvo." Continúa Mauricio.

Mauricio sigue presentando a Angela a quienes no conoce. "Hola a todos." Dice Angela mientras mira fijamente a Linda tratando de evitar las lágrimas. "Lo siento Linda, te estaba odiando de verdad. Espero que puedas perdonarme." Dice Angela.

Siguen mirándose hasta que Linda se levanta y se acerca a Angela con los brazos abiertos. "No lo sientas chica, estabas siendo una verdadera amiga, no cambies nunca." Dice Linda mientras abraza a Angela. Se abrazan y lloran en los hombros de la otra.

Secándose las lágrimas, Angela decide saludar a todos con un gran abrazo agradeciéndoles todo lo que han hecho.

"Ahora que hemos sacado todo eso del camino." Interrumpe Dre. "Tengo algo que decir." Continúa Dre. "Primero y más importante, quiero decir que estoy agradecido de tener a cada uno de ustedes en mi cifrado." Dice Dre mientras se levanta. "Es difícil encontrar individuos leales como ustedes en este mundo, así que me alegro de teneros en mi familia." Expresa Dre. "Pero es hora de comenzar mi propio capítulo en esta familia." Continúa Dre

Dre se dirige a Angela: "Después de los acontecimientos de estos últimos días, me he dado cuenta de lo dedicada que estás a mí y también de lo corta que puede ser la vida." Dice Dre mirando a los ojos de Angela. "El compromiso no es uno de mis puntos fuertes, pero debería haber hecho esto hace mucho tiempo." Continúa Dre nervioso.

Dre se arrodilla y mira los ojos llorosos de Angela mientras todos jadean sorprendidos.

"Estoy listo para el siguiente paso en nuestro viaje juntos, así que señorita Angela Parker, me harás el honor de ser mi esposa?" Pregunta Dre tratando de contener las lágrimas.

Con los ojos llenos de lágrimas, Angela asiente con la cabeza y dice "sí!" Pero de repente mira a Dre con extrañeza: "Dónde está el anillo?" Pregunta Anglia desconcertada.

Todos los comensales ríen y se secan las lágrimas de los ojos. La energía emocional de la sala es tan contagiosa que una pareja de otra mesa empieza a llorar.

"No he tenido la oportunidad de comprar uno." Responde Dre con un tartamudeo en la voz. "Pero eso está en lo alto de mi lista de cosas por hacer mañana." Dice Dre tranquilizándola.

Finalmente, la camarera viene y rompe la fiesta para tomar sus pedidos y luego se separan en sus propias conversaciones.

Dre explica a Angela quién es Tony y las dos jóvenes. Scarlet, Kitty y Tony hacen planes para más tarde mientras Linda, Stacia y Mauricio hablan del futuro.

Poco después de pedir, llega la comida y todos dejan de hablar para saciar su hambre. Todos comen como nunca antes lo habían hecho. Comen hasta que sus estómagos están más que llenos.

Sintiendo que su noche está completa, hacen movimientos para separarse. Lleno de comida e incapaz de moverse rápidamente, Tony es el primero en irse.

"Bueno, Papi, tengo que pelar." Le dice Tony a Mauricio. "Me ha gustado volver a verte, nos vemos mañana." Continúa Tony mientras abraza a Mauricio.

Mauricio se levanta y abraza a Tony: "Gracias hermano, te debo mi vida." "Te tengo siempre." Responde Tony. "Ahora nos famamos, mano." Continúa Tony mientras se ríe.

Justo entonces, los Honey B's se paran también: "Ahi, te llevaremos a casa Tony." Dice Kitty. "Nos dirigimos hacia allí de todos modos." Continúa Kitty. Todos se excusan.

Antes de que lleguen a la puerta, Mauricio llama a Tony: "Te llamaré sobre el mediodía." Ambos miran en dirección al Honey B's. "Bueno, tal vez en algún momento de la tarde." Continúa Mauricio moviendo la cabeza con una sonrisa en la cara. "Dale." Responde Tony mientras se da la vuelta para salir del restaurante.

"Bien primo." Interviene Dre poniéndose en pie. "Ha sido divertido, pero tenemos que irnos." Continúa Dre. "Sin duda, mano." Responde Mauricio. "Te agradezco mucho todo." Continúa Mauricio. Sin decir nada más, Dre y Angela se dan la vuelta y salen por la puerta.

"Bueno, supongo que nos toca a nosotros." Dice Mauricio a Linda y Stacia mientras busca en su bolsillo el dinero para pagar la cuenta. Los tres se dirigen al coche de Mauricio. "Queréis ir a casa, señoras, o preferís pasar la noche en mi casa?" Pregunta Mauricio.

Sin dudarlo, las mujeres dicen "tu casa." al unísono.

El viaje a la casa de Mauricio fue silencioso mientras cada uno de ellos reflexionaba sobre los acontecimientos de los últimos días y contemplaba lo que les deparaba el futuro.

CAPÍTULO 26:

Exhibición carnal
(el show de los freaks)

A medida que Mauricio se acerca a su casa, las dos mujeres se quedan hipnotizadas ante la suntuosidad de la casa. "Maldita sea, chica, esta vez has cogido un pez gordo." Bromea Stacia. "Cállate!" Responde Linda sonrojada por el comentario de Stacia. "No le hagas caso." Linda le dice a Mauricio. "Aunque tienes una casa preciosa." Continúa Linda. "Gracias." Responde Mauricio. "Sí, esta mierda se ha enganchado decentemente." Interviene Stacia. Al llegar a la puerta principal, todos salen del coche y se dirigen a la casa. Una vez dentro, Mauricio grita "Las luces!" y todas las luces se encienden simultáneamente, iluminando un salón muy lujoso.

Las mujeres están asombradas por el mobiliario de ante negro con cortinas a juego hasta el suelo y un bar bien surtido enclavado en la esquina. "Esto es realmente elegante." Dice Stacia. "Es algo bueno porque mi chica es cara." Continúa Stacia. Linda mira a Stacia sin poder creer lo que su chica está diciendo. "No la creas." Dice Linda evitando el contacto visual.

Lo único que pudo hacer Mauricio fue reírse: "Mira, no pasa nada, tu chica sólo está siendo real y eso me gusta." Dice Mauricio asegurando a Linda que no se ofende. "De todos modos, tengo dos baños con bañeras de hidromasaje." Explica Mauricio. "Supongo que te unirás a mí, Linda." Dice Mauricio más como una afirmación que como una pregunta. "Más vale que lo creas."

Responde ella sonando un poco ansiosa. "Stacia, el baño está al final del pasillo y a la derecha." Explica Mauricio. "Todo lo que necesitas está ahí. Siéntete como en casa." Continúa Mauricio.

Dicho esto, Mauricio agarra a Linda de la mano y la acompaña a su baño. Linda se da la vuelta y mira a Stacia, con una sonrisa por su excitación. Justo entonces, se le ocurre una idea. Antes de que los dos se pierdan de vista, Linda le dirige a Stacia una mirada que conoce muy bien, y el plan se pone en marcha.

Mientras tanto, en un hotel no revelado, los Honey B's y Tony ya están en lo sullo. Su fiesta comenzó en la ducha mientras se lavaban mutuamente las heridas de guerra, luego comenzaron los besos, las caricias y las chupadas.

Scarlet empieza por inmovilizar a Kitty contra la pared de la ducha, tocándole el culo mientras la masturba. Kitty se rinde rápidamente, echando las manos por encima de la cabeza, mientras disfruta de los juegos preliminares. Tony se convierte en el público, sentándose y acariciando su creciente erección.

Scarlet comienza su decadencia, devorando los dos pechos gordos de Kitty en su camino hacia su chocha. Los gemidos se escapan de la boca de Kitty mientras Scarlet se alimenta de su húmedo clítoris. Ella lanza su pierna sobre el hombro de Scarlet para que pueda llegar más profundo.

Tony, dispuesto a unirse a la fiesta, se acerca hasta que su bicho palpitante está al alcance de la mano de Kitty. Kitty agarra instintivamente el palpitante miembro y lo masturba con frenesí. Sin previo aviso, Kitty empieza a temblar incontroladamente y llena la boca de Scarlet con su dulce néctar. Después de que su orgasmo disminuye, Scarlet suelta su agarre en ela chocha de Kitty y agarra el bicho de Tony, la garganta profunda sin perder el ritmo.

Dispuesta a más, Kitty se arrodilla junto a Scarlet mientras se turna para hacer una garganta profunda al bicho de Tony.

Aumentando la excitación, Kitty lleva a Tony por la borda mientras él explota, cubriéndolos con su amor.

Dispuesta a abandonar el encierro de la ducha, Scarlet agarra a Tony y a Kitty de las manos y los lleva al dormitorio.

Scarlet se sienta rápidamente en el borde de la cama y acerca a Tony a ella tragándose su agonizante erección. Kitty agarra la parte posterior de la cabeza de Scarlet y ayuda a su movimiento mientras Tony juega con su culo.

De vuelta a la casa de Mauricio, Linda y Mauricio añaden vapor a una ducha ya caliente. Después de limpiarse las heridas, Mauricio aprieta a Linda contra una de las paredes de cristal de la ducha. Se besan y acarician lentamente, aumentando su lujuria.

Linda comienza a descender lentamente, besando y mordisqueando el cuerpo de Mauricio hasta que su bicho está en su cara. Agarra ligeramente la base y la acaricia, admirando el grosor y la longitud antes de tragarla profundamente. Una vez que llega a la cabeza, la chupa y la lambe como si fuera una paleta, y luego la vuelve a tragar profundamente.

Linda sigue provocando a Mauricio hasta que siente que sus músculos se tensan, ahora sabe que no pasará mucho tiempo hasta que se corra en su boca. Furiosamente, ella continúa chupando su bicho hasta que él dispara su semen caliente en su garganta. "Bueno hasta la última gota." Dice Linda mientras se levanta para mirarlo, con una sonrisa en la cara.

Ahora Mauricio sabe que es su turno, así que empieza a acariciar y chupar el cuerpo de Linda. Justo en ese momento, oye un gemido fuera de la ducha. "Mmm, eso parece divertido, puedo unirme?" Dice Stacia.

Mauricio se da la vuelta y se sorprende al ver a Stacia en la puerta sin más ropa que una toalla. Sin palabras, se dirige a Linda. "No pasa nada, yo la he invitado." Linda tranquiliza a Mauricio con una sonrisa socarrona.

Linda le hace un gesto a Stacia para que entre. Stacia abre la puerta de cristal de la ducha dejando salir una enorme nube de vapor. Deja caer la toalla mientras mira a Mauricio con ojos hambrientos de lujuria y entra en la ducha cerrando la puerta tras ella.

Manteniendo la mirada fija en Mauricio mientras se acerca, Stacia le dice: "Sólo quiero agradecerte que me hayas salvado la vida." "Pensé que ya..." Mauricio intenta preguntar antes de que Stacia le ponga el dedo en los labios para silenciarlo.

Mientras intercambiaban palabras, Linda seguía besando y acariciando a Mauricio. Entonces Stacia le susurra al oído: "Relájate y disfruta del viaje papi."

Sin dejar de sostener la mirada de Mauricio, Stacia se pone de rodillas y le traga profundamente el bicho sin dudar y mirándole directamente a los ojos.

Lo único que pudo hacer Mauricio fue apoyarse en la pared de la ducha, cerrar los ojos y dejarse llevar por el nirvana.

Mientras tanto, en un lugar desconocido del mundo suena un teléfono. "Dimelo." Responde Gonzalo. "Mira, no te entiendo, cálmate habla claro." Continúa Gonzalo. "Mataron a tu padre, el chico, y a todos los soldados." Responde el interlocutor. "Quien!" Pregunta Gonzalo gritando en el auricular. "Mauricio." Responde el interlocutor.

"Hasta la muerte!" Responde Gonzalo mientras cuelga el teléfono...

www.ingramcontent.com/pod-product-compliance
Lightning Source LLC
Chambersburg PA
CBHW051526050726
47503CB00014B/2030